戴晨志博士

敢想、敢要、敢得到！

自信出招的致勝關鍵

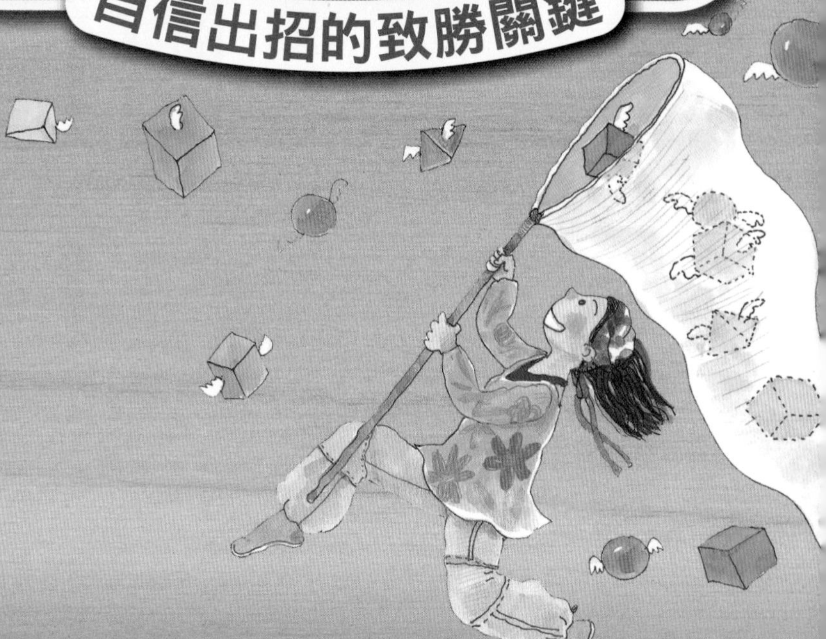

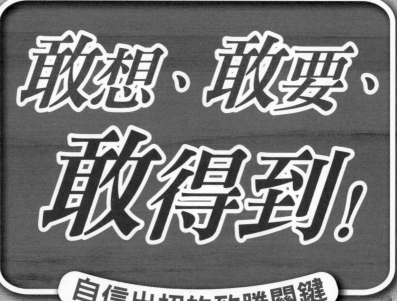

Contents 目錄

Part 2
陽光燦爛，展開壯遊之旅！

Part 3

心胸豁達，就會遇上天使！

Part 4

別再抱怨，勇敢努力實踐！

Part 5

掃把不掃，灰塵不會走開！

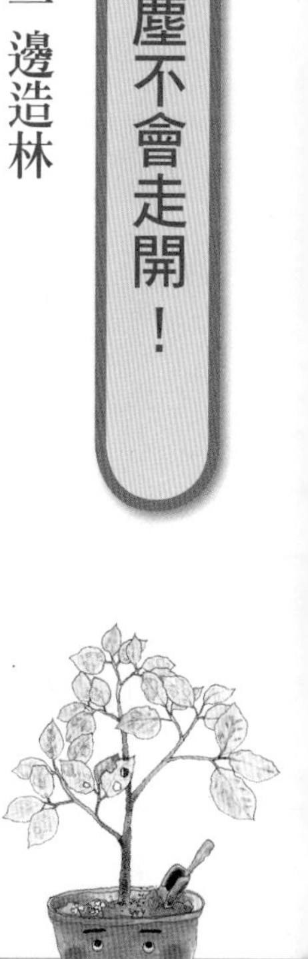

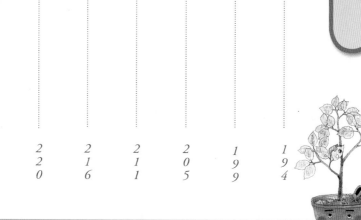

自序

有哭有笑，敢想敢要！

——老天總在「最痛苦的地方」來考驗人

戴晨志

曾在報紙上，看到一女生寫到她以前的傷心往事。

這女生曾是政戰學校的女兵，經過兩個月的嚴酷訓練，終於有機會在國慶大會上，參加閱兵典禮。這群女兵，就是俗稱的「木蘭軍」，也是最受矚目的隊伍；她們以雄糾糾、氣昂昂的小快步，通過閱兵台，接受總統校閱。

同時，在雙十節的前三天，全體學校的男女軍人，都得進駐附近校舍，以防有人臨時出狀況。

就在雙十國慶當天，最後一次整隊時，教官突然走到這女生身邊，二話不說，就把這女生帶離隊伍。原來，她，是最後一個被「刷下來」的人。

天哪，穿著一身亮麗耀眼的女軍服，戴著俏麗的小帽、白手套，總統府就近在眼前，她，竟突然被教官在眾目睽睽之下，拉出隊伍。

怎麼辦？四處都是交通管制，她無路可退，只是眼淚不停地流。這件事，讓這女生撕裂心肺，直到她從軍校畢業，不曾再笑過。

看到這女生自尊受辱的遭遇，可以想見她當時的委屈和難過。換成是我，若在充滿興奮與期待中，臨時被人撤換，也一定會很失望、很傷心。

還好，我的身材矮胖，不會被挑選去參加國慶閱兵。

以前部隊行軍時，長官看到我經常頭疼，身體狀況不佳，就叫我不要參加，免得出意外、添增部隊的麻煩。可是，當連隊需要文宣、美術人才，或要畫壁報時，長官總是想到我；當部隊需要司儀、演辯人才時，長官也總會想到我。我，是屬於

「文」的，不是「武」的，我自己知道。

退伍後，我考中廣、警廣、正聲等電台，想當播音員，也都沒考上，當時，也是十分傷心和失望。

但，人生不如意的事「十之八九」；那八九，是失望、是悲傷、是難過，我們就要忘記它！然而，別忘了，在「十之八九之外」，還有「一二」是好的、是快樂、榮耀的，可能也是我們的「優勢」和「強項」啊！

所以，我們都要學習——「記住一二，忘掉八九！」

也因此，在遇挫折時，要「換個心、轉個念」，千萬別讓悲傷和難過，如影隨形啊！因為，「轉個彎、路更寬」啊！

後來，我在華視當「文字記者」，但有一天，突然被主管調至編譯組當「編譯」。當時，我很生氣、憤怒，想辭職，但忍了下來；過不久，高層主管告訴我，他誤信別人的話，太衝動，才把我調職，實在很抱歉；但他保證，不久之後，他會把我調回採訪組。

我雖難過，但也接受長官誠懇的說詞，調到編譯組去上班，每天翻譯外電新聞；同時，我也試著申請美國大學博士班，結果被奧瑞岡大學錄取了。半年後，當長官依承諾將我調回採訪組時，我對他說：「謝了，我要去美國念博士班了，感謝您把我調到編譯組，讓我有機會勤念英文……」

「一切都是最好的安排！」當您生氣、沮喪、難過時，不妨告訴自己這句話。因為，「塞翁失馬，焉知非福。」要不是我被調去編譯組當外電翻譯，我就不可能去申請美國大學博士班，想想，真的「一切都是最好的安排」啊！

挫折來臨時，「先冷靜、勿衝動」，要學會堅強。因為，只要站起來比倒下去的次數「多一次」，那就是成功啊！「挫折，是人生的一部分。」站起來，是需要勇氣的。但，只要有目標、有勇氣、有毅力，跌倒時，勇敢爬起來、跨過去，那就是成功啊！

所以，**「放下悲情、忘記挫敗，才有出路。」**人不能一直生活在悲情的情境之中啊！

老天總是在「最痛的地方」來考驗人，不是嗎？

人生，無法一直享受著榮耀。在挫折中，勇敢走出悲情，「能大能小、能前能後、能一能二、能三能四、能笑能哭的人生」，才是幸福快樂的人生！

事實上，人生不只是要有「品牌」，而且還要成為「名牌」！

只要有志氣、有勇氣、有毅力，最後一定會得意！

因為，在有哭有笑的人生中，只要「敢想」、「敢要」，並不斷地努力去追尋，就一定可以得到自己想要的「美麗夢想」！

所以，「敢想、敢要、敢得到」這句話，就做為激勵你我的金玉良言吧！

PART 1

走進寶山，望見閃亮鑽石！

打鐵趁熱、一鼓作氣

尋找生命的新出口!

生命不能是一成不變、原地踏步;
總要找到「生命的新出口」,才能開創新局!

不久前,接到一通陌生的電話,是一個女生打來的。

她,有點緊張、羞澀地說:「你是戴老師嗎?我……我是你的讀者,你曾經用這個號碼打電話鼓勵我……我是在高速公路××收費站的收費員××,你還記得嗎?」

噢,我記得了!這女孩寫讀者回函告訴我,她買了、也讀了我所有將近三十本的書，我很感動，所以曾特別打電話向她致謝。

「不好意思，戴老師，我這樣冒昧打電話給你……我是要告訴你，我受到你的鼓勵，很用心地讀日語，這半年來，我已經通過日語第三級和第二級的檢定了！」這女孩在電話中高興地告訴我。

「哇，真是太棒了！我以前學了一年的日語，可是全都忘光光了！」我對這女孩說：「妳真是太厲害了，再上去，是不是還有第一級的檢定？」

「對啊，我還要再挑戰第一級！」女孩興奮地說：「戴老師，你知道嗎，我的朋友都說，第二級很難，叫我不必那麼辛苦，可是，我就是不認輸，現在我終於考過了……而且，戴老師，我之前也通過日語導遊的考試，已經拿到導遊執照了！」

我真的能體會這女孩的心情。在收費站當收費員，是十分枯燥的事，每天面對的是，數萬輛通過的汽車，也吸入無數的廢氣；而且，用手收通行券的動作，幾乎是機械化的，沒什麼樂趣可言。她，要這樣一直當收費員嗎？

不，人要改變——「要改變自己，才能改變命運！」

假如，為了生活，必須有個枯燥、無趣的工作，那就暫時接受它！但，要常年累月都做同樣無趣的工作嗎？聰明的你，我想，可能都不願意。

不過，不願意枯燥、無趣地工作，就要勇於改變、勇於突破，用自己的行動和決心，勇敢踏出向前的一步！

謝謝這女孩打電話告訴我，她「即知即行」地跨出了生命的一大步，也恭喜她，不久之後，一定會有更好、更理想的工作。

您知道嗎，一個人想脫離困境，就要「一鼓作氣」！

有許多人抱怨自己工作不好、老闆不好、待遇不佳；可是抱怨了十年，依然還是做同樣的工作；因為，「食之無味，卻棄之可惜。」

《左傳．莊公十年》中，曹劌論戰，寫道：「夫戰，勇氣也；一鼓作氣，再而衰，三而竭。」作戰時，第一聲擊鼓，

一鼓作氣，直到勝利、成功的那一刻來臨。

最能激發戰士的勇氣和鬥志，士氣也最旺盛；等到第二次擊鼓時，勇氣已經衰退一些了；到了第三次再擊鼓時，士氣可能就會慢慢枯竭了！

所以，想改變自己，必須「打鐵趁熱、一鼓作氣」；因為，與其拖拖拉拉、隨便說說，或偶而隨興地改變一點點，還不如一鼓作氣，說做就做，直到勝利、成功的那一刻來臨！

致勝關鍵60秒

有個朋友，她教了近二十年的小學；一天，她突然興致來了，去報考研究所，考上了！後來，她花了四年的暑假，辛苦地到大學研究所上課，也順利畢業，拿到碩士學位。當然，她的努力沒有白費，因為她的薪水，每個月都多了六仟元，甚至，將來退休後，每個月的退休金也都多了六千元。

雖然，六千元不是一筆大數目，但也是她秉著毅力、堅持多時的成果啊！

世界銀行研究指出，國家要有錢，所靠的是無形的資本，尤其是「法治」和「教育」。根據統計，人民多受一年的教育，平均每人財富增加八百三十八美元（約台幣兩萬八千元）；也就是對窮國來說，教育是非常划算的投資。

所以，一個人若太重「投機主義」，雖然有時候賺到大錢，但那只是「專靠運氣」；相反地，專注「造就自己」，才是最穩健、最踏實的方法。

人的一生，都是在為自己「尋找生命的新出口」。

年輕人，想考上好的學校；踏入社會後，想找到好的工作、遇見好的主管；談戀愛時，想找到好的伴侶；想換工作時，希望有更好的機會……。真的，生命不能是一成不變、原地踏步；總是要找到「生命的新出口」，才能開創新局！

有人說：「走進寶山，就可以看見滿地都是閃亮的鑽石。」事實上，我們的一生，處處都是寶山，只看我們如何跨過去、踏進去？

就像本文中的收費站小姐，立下目標、劍及履及、一鼓作氣，就一定可以踏進寶山，望見生命中的閃亮鑽石！

先蹲後跳，邁向成功

擁有勝出的戰鬥力

挫折中，我們或許會掉下傷心的眼淚，
可是，那眼淚，可以把它轉化成「希望的淚光」。

在電視上，看到中國籃球選手姚明到美國打球的紀錄片。姚明身高二百二十九公分，可是到美國打NBA職業籃球賽對他而言，卻是一項全新的經驗和挑戰。

在美國，球迷是崇拜英雄的，選手必須擁有個人魅力和絕佳的球技，才能成為耀眼的明星。然而，剛到美國時，姚明的語言有障礙，個性也比較溫和、缺乏霸氣，所以不被體育主播、球評或球迷看好。

電視播出的紀錄片中，姚明一出場，表情很生澀，也很緊張；在現場數萬名觀眾的壓力下，他屢投不進，腳步始終生硬地追著球跑。有一次，對手在他面前耍弄球技，也技巧地把他甩開；只見大個子姚明左擺右晃、腳步踉蹌，一個重心不穩，竟然自己跌坐在地上。

這一幕，看在對手球隊眼裡，真是太可笑了。對手板凳球員坐在椅子上，也全都笑得前俯後仰。

此時，姚明尷尬地從地上爬了起來，繼續認真比賽。雖然上場十一分鐘，沒有得到一分，但，他得到了經驗，也得到恥笑，甚至有一名美國球評公開地嘲諷說：「姚明只是個子高而已，他根本就不會打球！假如姚明一場球賽能拿十九分，我就在攝影棚裡當眾親姚明的屁股（ass）……」

這，真是奇恥大辱！姚明，你要一直被嘲笑，直到離開NBA職籃嗎？不！姚明顯然是在內心大聲吶喊說：「不！」

後來，姚明不斷地苦練球技和英語，也增強和隊友的默契。同時，他勇敢地在禁區跳投、勾射、灌籃……逐漸地，他成為球隊的第一中鋒，經常為球隊拿下二、三十分的佳績，也成為全世界知名的ＮＢＡ職籃明星；而過去在電視上嘲笑他的球評，也在電視上「認錯」——當眾親吻了一隻「驢子」的屁股。（註：英文的「ass」有兩種意思，一是「屁股」的俗稱；另一是指「驢子」。）

在我們一生中，常會被嘲笑、被拒絕、被看不起，但，我們絕不能看不起自己，也絕不能放棄自己；我們要「看好自己」，要為自己全力付出、打造自己！

西洋諺語說：「**Life is just a series of trying to make up your mind.**」（人生就是不斷地努力下定決心。）我相信，成功，也是一連串的「下定決心與實踐」。

真的，決心成功的人，就一定可以成功！

致勝關鍵60秒

我們一定都玩過「跳高」或「跳遠」，也一定都知道，想要跳得高，就要先下蹲一點——「先蹲後跳」，才能跳得更高。所以，有人說，「蹲下，是為了躍起！」

而若想跳得遠，也是要先後退一些，再用力往前衝刺、用力奮起，才能跳得更遠，所以，「後退，是為了向前跳得更遠。」

人生也是如此，一個懂得「先蹲後跳」的人，才能成功。

人生路，有笑、有淚；就像姚明到美國打球，剛開始，打得跌跌撞撞、摔坐在地上，引來全場訕笑聲，但，沒關係，「跌倒之後，我仍將再起啊！」

挫折中，我們或許掉下傷心的眼淚，可是，那眼淚，您可以把它轉化成——「希望的淚光」。因為，我們絕不退卻，也不絕望；只要淚光中，依然充滿希望，勇敢向前，我們就能「先蹲後跳、邁向成功」。

其實，人類都因希望而偉大，也因希望而更充滿信心。

但是，「希望」和「盼望」都必須努力加以實踐與力行，才能偉大；就像在跟蹌跌倒之後，必須勇敢站起、繼續打拚，才能成就自我！

也因此，人，必須擁有「勝出的戰鬥力」，才能充滿信心、愈挫愈勇！相信，有一天，過去「希望的淚光」，一定會因著我們用心努力的奮鬥，而成為「歡喜的淚光」！

人生，就是一大塊「拼布」

要積極，別太相信星座

別將失敗的責任推卸給「神明」或宿命；人不能「認命」，而是要「扭轉命運，創造命運」！

我母親是個虔誠的基督徒，她很熱心教會的工作，也經常熱心幫助別人；而她在電話結束前，總會習慣地說：「願上帝祝福你！」

有一次，我念小一的女兒打電話給我母親，問候一下奶奶；掛上電話後，我問女兒：「奶奶有沒有跟妳說什麼？」

女兒嘟著嘴回答：「有啊！奶奶最後說：『願上帝祝福妳！』可是，上

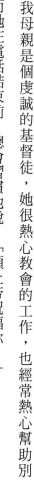

帝祝福我有什麼用？明天學校還不是要上學、要考試？……」

我一聽，差點噗哧笑了出來，還好，女兒沒有在電話中向奶奶吐槽說：「上帝祝福我有什麼用？考試考不好，媽媽還不是會罵我！」

古訓說：「天助自助者。」老天只有幫助那些自己努力的人，因為，天下沒有不勞而獲的事，天上也不會自動掉下來「禮物」，天上只可能會掉下來「鳥屎」！所以，只有靠自己努力，考試才會考高分；而上帝是公平的，祂會祝福天下所有的人，特別是那些「特別積極用功、勤奮不已的人」。

暨南大學教授李家同，曾在一次於教堂的演講中，嚴肅地問道：「大家捫心自問，我們基督徒愛人嗎？」他說，他在鄉下看到很多電線桿上，都貼著「神愛世人」的標語；可是，真正該貼的是「基督徒愛人」才對啊！

李家同教授告訴所有教友：「只信耶穌沒有用，應該學習的是『耶穌愛人』的精神。」

看到李教授的言論，我著實震驚了一下。真的，神愛世人，是口號；基

督徒要愛人，才是實際行動。光信耶穌沒有用，要學習耶穌愛人、幫助人的精神，才能促進彼此的團結與和諧。

相同地，光「拚命祈禱、祈求上帝祝福」或「到廟裡燒香拜佛」，而不用功念書，怎能拿下高分、或金榜題名？一個人腳踏實地、專注本業、認真用功，才是最重要的啊！

有些人，拿起剪刀和一張紙，就可以剪出許多花草、動物、人物等圖案，而且栩栩如生，手藝真的很棒！

一個人的人生，想要出現什麼花樣和圖案，就要靠自己去裁剪！

我們的一生，都在「學會拿剪刀的方法」、「學會剪出漂亮的花樣和圖案！」

紙，怎麼折、怎麼疊；刀，怎麼拿、怎麼剪、怎麼彎、怎麼打洞……在在都需要我們自己用心地練習！一個人，想成功，光想靠「上帝的祝福」或「佛祖的庇佑」，而沒有積極實際的行動，都是不太有用的啊！

人生的花樣和圖案，要靠自己去裁剪。

很多人會問我：「你是什麼星座的？」此時，我常會回答：「我不相信星座！」

是的，我不相信星座，我只知道，一個人要「相信自己」，要有自信，不要去相信什麼星座、會有什麼災禍？

英國《每日電訊報》網站曾報導，一項針對兩千多名民眾追蹤了數十年的研究指出，這兩千多人出生的時間，都只有相差幾分鐘，根據占星學的理論，這兩千多人的特性和命運應該極為相似，可是，發現結果並非如此，而且人人命運「大不相同」。所以該研究指出，所謂的占星學全是「垃圾」。

當然，占星界對此十分生氣。但科學家們卻振振有詞地說，這兩千多人的出生時辰僅差一兩分鐘，但長大後的命運都大不相同；尤其是「孿生兒」長大後的個性和命運，也十分迥異。所以，科學家們大大推翻了「一個人的個性與宿命，與出生時辰息息相關」的占星術說法。

其實，人生就是一大塊「拼布」——想要有什麼花樣、圖案、顏色，都要自己勇敢、認真地去拼織、裁剪。布紋拼錯了，拆掉，布上就會留有痕跡；花色拼錯了，也要重新再來一次！布，是要黑白的、彩色的？要什麼圖案？有沒有意義？是用手工拼的？還是縫紉機縫的？……

我們都要為自己的人生，拼縫出一幅「令人滿意、令人讚賞的美麗拼布」啊！

別太相信「星座」、別凡事歸咎於「命運」、別將失敗的責任推卸給「宿命」或「神明」。

人，不能「認命」，而是要「扭轉命運、創造命運」啊！

讓「失敗之神」會怕你！

當林義傑投籃球……

「有志不在年高，無志空活百歲。」

有目標、積極行動，才能讓自己「脫胎換骨」！

到體育館看超級籃球聯賽，中場休息時間，主持人都會安排一些趣味性遊戲，讓觀眾下場玩投籃比賽，大家一起同樂。

今天，主持人找了三名幸運觀眾，只要在一分鐘之內，於籃下五個不同的點，將球兒投進籃框，就可以獲得一個超大的獎品；以前，甚至贈送一支最名貴的手機。

於是，在現場千餘人觀眾的注視下，三名幸運兒開始投籃。在「眾目睽睽」下，投籃是有壓力的，所以，三名幸運兒都沒有投進四球。後來，主持人宣布——今天，我們現場來了一位貴賓，也就是著名的「超級馬拉松選手林義傑」，他也下場參加投籃比賽。

林義傑，是台北體育學院的研究生，他剛完成「橫越撒哈拉沙漠」的挑戰。他和美國的查理、加拿大的雷伊，三人花了一百一十天，跑完七千五百公里，締造了人類首次「用雙腳橫越撒哈拉沙漠」的紀錄。

當林義傑一上場，全場觀眾掌聲不斷！他，是超馬的英雄，下場投籃，讓大家看他現場表演球技，真是太有趣了！這時，只見林義傑拿著球、站在籃框下，最簡單的第一關，投了兩次才進；第二關，林義傑一直投，球兒就是不進，老是擦板跳了出來！投、再投，奇怪，球兒就是不聽話，偏偏都投不進……

人要自我投資，才能締造新紀錄啊！

此時，旁邊的主持人說：「大家今天看了林義傑的表現，就可以知道，人，都是只有一項專長的！」聽了主持人的玩笑話，全場球迷哄堂大笑。

其實，主持人的話雖然是開玩笑，但也是實話——**一個人是頂尖英雄，但他不是什麼事都會；會跑超級馬拉松的人，但他可能不太會投籃球。不過，不會投籃球沒關係，因為他還是人人讚嘆的「超級馬拉松的英雄」！**

所以，我們都要自問：「我是什麼英雄？我是什麼專業？我最擅長的是什麼？」我們不能是「什麼專長都沒有」啊！

人，是最值得「自我投資」的，只有不斷地「投資自己」，讓自己成為某一行業的頂尖專家，

才能讓自己的人生「持續增值、締造新紀錄」！

致勝關鍵60秒

我們每個人從小就聽過「龜兔賽跑」的故事，說烏龜和兔子賽跑，兔子因跑得快，總是跑贏；可是，有一次兔子貪睡，睡過頭了，最後慢慢爬的烏龜贏了，因牠不貪睡、用心認真地爬到了終點。

可是，為什麼「龜兔」一定要「賽跑」呢？我們可不可以換個遊戲規則，讓「龜兔游泳」呢？假如「龜兔游泳」誰會贏呢？我相信，大家一定會猜，應該是烏龜會贏，因為兔子不擅長游泳，而烏龜雖然爬得慢，但牠在水中游得不慢！

親愛的朋友，您千萬不要和林義傑比賽「超級馬拉松」，不然你會敗得很難看；您也不要和王建民比賽投棒球，不然您會穩輸的！換個角度，您可以跟林義傑比賽「投籃球」，是我的話，也不一定會比他差；您可以和王建民比賽打電腦，您一定勝過他！

所以想想——「我的專長在哪裡？我要趕快投資我的優勢、我的專長啊！」

王建民惜言如金，也很不擅長交談，當記者訪問他時，他總是簡短地回應幾個字。有一次他說，當他被對手擊出全壘打時，心裡十分挫敗、自責；但他常對自己信心喊話，也鼓勵自己：「只要勇敢面對自己，就算失敗之神再遇到你，也會怕你！」

真的，我們要趕快面對自己、投資自己的專業，讓自己學習更多勝過別人的技能。而且，我們也必須記得——「有志不在年高，無志空活百歲！」有志向、有目標、積極行動、說做就做，才能遇見「脫胎換骨的自己」啊！

言而有信，以誠相待

別讓口才優於誠信

平生修得隨緣性，粗茶淡飯也知足；
靜坐常思己過，閒談莫論人非。

在一場演講中，有聽眾的手機響了，干擾到大家聽演講的情緒；於是，我請所有聽眾把手機關掉，或改成靜音，以免再次影響到演講的進行。我同時也說：「等一下誰的手機再響，誰就罰五百元，好不好？」

現場聽眾異口同聲說：「好！」

這麼一來，安靜多了，不再有手機聲干擾了。

可是，過了半小時，又有手機聲響起！真是氣死人了！不是才說「不准手機再響」嗎？誰這麼不聽話，還沒將手機關靜音，好吧，自己老實招出來吧，該罰五百元了。

誰？到底是誰？誰的手機在響？你看我，我看你，手機還是一直響！到底是誰呀，還不趕快關掉？

此時，我驚愣了一下，摸摸自己的口袋……天哪，竟然是我自己口袋裡的手機在響。是我……我自己忘了關手機。當時，我好糗，滿臉通紅；而全場聽眾，也樂得哈哈大笑。

「剛剛我說，手機響，要罰多少錢？」我紅著臉，問大家。

「五百元！」聽眾大聲地回答我。

「一個人要誠信，要說到……怎麼樣？」我又問。

「做到！」現場聽眾齊聲回答。

「今天我不是好榜樣，只要求別人，沒要求自己；說到，卻沒有做到，所以我等一下會捐出兩千元，作為今天我自己疏忽的懲罰……」我誠心地對大家說。會後，我也真的將兩千元交給主辦單位，轉捐給社會局。

古人說：「不誠無物。」一個人的口才，不能優於他的誠信啊！

可是，很多領導人，講話前後矛盾、顛三倒四、自欺欺人；只會耍嘴皮和口才，字裡行間卻吐不出誠信，這如何讓人信服？

《東萊博議》中有一則故事——魯哀公問孔子：「古人有所謂『夔一足』，他真的只有一條腿嗎？」

孔子說：「不是這樣，『夔一足』是說，夔這個人，雖然脾氣暴躁，但他說話卻非常講信用；人家說他的『一足』，不是一條腿，而是『一而足』（只有一個『信』字就足夠了）。」

的確，要做到「誠信」、「一而足」，是多麼難能可貴！相反地，一個人若「口才優於誠信」，則必會被人看輕啊！

美國《洛杉磯時報》報導，美國伊利諾州有三個兄弟，在網路上偶然看到一張銀行搶匪的照片，感覺很面熟，立即趕到鎮上的消防隊再去確認；結果，您知道嗎，這名在伊利諾州南部犯下七起銀行搶案的搶匪，就是他們的老爸威廉。

怎麼辦呢？要不要舉發六十四歲的老爸呢？

在監視錄影帶翻拍的照片中，三兄弟發現老爸戴著口罩和墨鏡，而逃逸用的車輛，也是他們家的黑色轎車。後來，三兄弟都認為，只有一條路可走，就是「舉發自己的老爸」。隔天，老爸就被警方逮捕，也面臨至少三十二年的刑期；而他們的父親，註定要在牢裡度過餘生。

這三兄弟在舉發自己的父親時說：「我們會這麼做，都是父親教我們的；他教導我們做人要誠實、有信用……」

法國作家巴爾札克說：「一清如水的生活、誠實不欺的性格，即使是心術最壞的人，也會對他肅然起敬。」

的確，誠實是人生最高的美德，可是，在面對舉發「蒙面搶匪是父親」的這件事時，相信三兄弟的心中也會有掙扎；尤其，老父的餘生必得在牢獄中度過，真是教人不勝唏噓。

享譽國際的刑事鑑定專家李昌鈺博士說，他家裡掛著一幅寫著「至誠信義」的字畫，以提醒自己——「做事要言而有信，做人要以誠相待！」

同時，李昌鈺認為，「平生修得隨緣性，粗茶淡飯也知足」；只要看淡一點，就能滿足，不要看別人的股票賺了幾十萬、幾百萬，就跟人家去玩股票，結果被套牢了！而且，「靜坐常思己過，閒談莫論人非」，少講一點是非，常常自我反省，許多問題就能迎刃而解。

是的，我們的生活可以學習「簡單」、但有「誠信」，這樣才不會讓「單純」嫁給了「複雜」，也才不會讓我們的生活，被搞得複雜不堪！

轉個彎，路更寬！

有實力，比念名校重要

真正的學歷是「實力」、是「績效」！
一個人的真正表現，比文憑更重要啊！

兒子、女兒平時都愛看書，尤其是兒子，現在就讀小學三年級，一拿到書就猛K，連下課都沒出去玩，抱著課外書一直讀。

那天，兒子、女兒在學校裡檢查視力，我擔心兒子課外讀物看太多，眼睛視力會受到影響；哪裡知道，一回到家，問他視力多少，他說：「二點零！」

「真的？太棒了！」沒想到，兒子看那麼多書，視力仍然很不錯。

那女兒呢？念小二的女兒說：「我的右眼二點零，左眼一點五。」

「那也很不錯啊！」我說。

可是，這時兒子對我說：「爸，柔柔剛才跟我說，她右眼二點零是作弊的！」

「怎麼作弊的？」我不解地問。

「我哪有作弊，我只是『偷背』而已！」女兒笑嘻嘻、調皮地說：「我們排隊檢查眼睛，我有看到視力表上最小圓圈圈的缺口，我就把它全背下來，護士問我圓圈缺口在哪裡，我全都答對，所以就二點零啦！」

「那左眼怎麼會一點五？妳不是全都背起來了嗎？」我問女兒。

「第二次，換右眼，護士再問我，我就忘了，記不起來了啊！」女兒可愛地回答。

哈，女兒居然靠背視力表，拿到「右眼二點零」的好眼力！

不過，想想，假如有人號稱眼睛「二點零」，卻要戴上眼鏡才能看清東西，那可就是很遜了！也有人可能號稱「留美學人」，卻找不到工作，那也真是很可憐！

所以，「號稱什麼」不重要，「什麼名校」畢業的，也不重要；一個人內在的實力、真才華，才是最重要的。

當然，明星大學畢業，可能資質很不錯；但是各行各業要求的條件，卻有差別。例如在傳播界，哈佛、台大名校畢業的學生，不一定口才就好，也不一定文筆就很棒；而商學院名校畢業的學生，做生意也不一定會比普通學校的學生來得厲害。所以，「號稱名校」畢業的人，不一定都是頂尖傑出；沒有念名校的人，依然有出頭天的機會啊！

警界贓車辨識系統的發明人陳英傑，就是個很好的例子。他國中讀放牛班，高職讀夜補校，苦讀之後，才考上警察大學資訊系，後來取得資管碩士學位，也攻讀博士。他開發的「贓車辨識系統」，可以在零點二秒內，判讀車輛是否為贓車。

也因此，「勤努力、有實力」，比念名校重要；許多人沒有念明星學校，但也可以靠著努力，而使自己成為「明星」！

所以，眼力號稱多少，不重要；看見多少，才是重要！

自己是什麼學校畢業的，不重要；自己有多少實力、做出多少成績，才重要！

別人認為你是哪一種人不重要，重要的是你到底是哪一種人？能展現出哪些才華和績效？

眼力不好，戴上適當的眼鏡，就能看得很清楚。

「眼力多少」不重要，「看見多少」才重要！

出身背景不好，就讀普通學校、不被別人看好，但只要努力為自己「創價」，就能創造生命最大的效能，獲得生命最豐厚的利潤和成果。

只有勇敢為自己「創價」，才能使生命從「低價」變成明星級的「高價」啊！

致勝關鍵60秒

倫敦《泰晤士報》曾做了一個有趣的實驗：將已獲得「諾貝爾獎」和「布克獎」的兩部作品，以化名方式，向美國、英國的二十家知名出版公司投稿，結果紛紛遭到退稿和打回票的命運。

八十三歲的奈波爾，曾於二〇〇一年榮獲諾貝爾獎；八十六歲的米德頓，也曾於一九七四年獲得布克獎。但，他們的作品，卻都被出版公司以「文字技巧不夠」、「沒有市場價值」的理由，慘遭退稿。

其中一出版社寫道：「考慮大作，吾人感受和興趣不夠強烈，信心亦有不足，歉難錄用。」時代華納出版公司也回應說：「來稿有些不錯的文思，唯不合本公司出版方針。」

唉，有些人、有些公司就是眼光不好，所以，不懂得「看上千里馬」。有些人的才氣，遇不上「伯樂」，所以一生鬱鬱寡歡、悶悶不樂，始終沒有激發出潛力來。

其實，還沒遇上伯樂，沒關係，但還是要「充滿自信、繼續表現」。以前，我想當播音員，沒被中廣、警廣、正聲公司錄取，當然心情很差、很沮喪；但，回首一看——「還好當初沒被錄取，我才會被逼得出國留學，回國後，考上華視當記者。」

人，不可能有「自動出人頭地」這回事。

遇挫折，沒關係──「轉個彎，路更寬！」

這家公司不欣賞我，我再去找一家欣賞我的公司、欣賞我的伯樂。

「學歷」，並不是最重要的依據；真正的學歷是「實力」、是「績效」！

個人「文憑後面的表現」，比「文憑上面的字眼」更重要啊！

運氣，要靠自己掌握！

人生是一座巨大的迷宮

人生往下走時，要警惕，但不要太沮喪；
人生往上走時，不要太得意忘形，要謹慎……

台灣旅日棒球明星王貞治，曾經是個家喻戶曉的「全壘打王」，也曾經帶領日本隊，在世界棒球經典賽中，歷經兩次敗給韓國、一次輸給美國，卻在最後拿下冠軍獎盃。

王貞治在接受胃部摘除手術之後，曾在東京的日本橋三越百貨公司，舉行他的棒球生涯五十年紀念展。他感慨地說：「對我來說，人生就像個巨大的迷宮，就看我如何去闖！」

王貞治在座談會上說道：「我的運氣不錯，在中學二年級時，我用左手投球，用右手揮棒；那時，剛好遇上恩師荒川博路過球場，看到我用右手揮棒，就問我何不用左手揮棒？結果，我改用左手揮棒，一下子就揮出了安打，從此，我就改用左手揮棒。」

王貞治又說，荒川博教他用稻草人式的打法，結果，他一棒就擊出了全壘打，他好興奮！假如，當時他四、五次都不幸被三振，就不會有全壘打王的誕生了。

不過，王貞治也指出：**「運氣，要靠自己掌握。人生，就像一個巨大的迷宮，必須靠自己憑著信心，勇敢去闖，才能享受成功的甜美果實。」**就像他到巨人隊擔任教練，第四年才拿到冠軍；到福岡執掌大榮隊，也在第五年才開花結果，拿下冠軍。

的確，人生就像一座巨大的迷宮，誰都沒有進去過，但每個人都必須勇

敢地進去玩、進去闖！在人生迷宮中，會遇見各式各樣的人，有好朋友或壞朋友；不過，也可能會幸運地碰到一些「天使、貴人」，從此改變我們的命運。

假如，碰上「天使、貴人」，運氣可能比較好一點；可是，運氣好，也要自己肯努力、有毅力啊！

有些人自認運氣不好，卻不斷地加倍努力，也就能遇上好的運氣，而成為成功的助緣，這就是所謂的「逆增上緣」。

中國近代史上的偉大教育家蔡元培先生，一九二二年為上海美專題了「宏約深美」四個大字，劉海粟校長立即請人刻製成木匾，掛在禮堂裡。可是，這四個字是什麼意思呢？

宏——就是知識要博大、宏偉，並努力了解相關領域的內涵，為自己打下堅實的知識基礎。

約——人的生命和時間有限，所以在有良好的基礎之後，要由「宏」趨

「約」；就像在十八般兵器中，找到自己最拿手的武器，才不會「樣樣通、樣樣鬆」，才不會精力分散，最後一無所成。

深——意指在專業上，必須更專精、深入，才能發展、創造、開始。若在本業上不精深、精通，怎能做出傲人的成績？

美——就是一種令人稱讚的美好境界；只有付出巨大的精神、時間與努力的人，才會使人生不斷地進入美好之境。

致勝關鍵60秒

報載，有一專科夜校女生，放學經過地下道時，被歹徒襲擊，不僅遭到毆打，還被強暴，書包也被搶走了。

後來，女學生向校方報告此事，但學校竟把這名女學生記了個小過，理由是「學生證遺失」。

也有人家中遭小偷行竊，財物和皮夾都被偷走了，主人趕到警察局報案後，拿到一張「報案證明單」。可是，證明單有啥用，小偷還不是逍遙法外？

由於主人記得被偷的皮夾中，有兩張未繳費的停車單，於是他趕到停車管理處報告此事；管理處人員說，遺失繳費單，一張罰三百元，兩張罰六百元，逾期未繳，一張罰一千兩百元，這是「規定」！

這，就是我們台灣的社會。女學生被強暴，還要被記小過；家裡遭小偷，還要被開罰單。

這個世界，有太多的不公平。你恨也好、氣也罷，有時真是氣死了，卻也無能為力！要去爭、去告、去申訴，有時更是大耗精神、時間和力氣。

所以，在「人生的大迷宮」中，我們都必須自求多福、各自努力，學習隨時保護自己。

有人說：「生命，就是現在；現在，就是當下。」

在生命的當下，我們必須隨時有「危機意識」，保護自己，也要未雨綢繆，不能讓自己被「無理的環境」和「人為的不公」所吞噬。在人生的大迷宮中，我們會遇見的好人、貴人很多；遇見的壞人或倒楣事也不少，我們都必須靠著自己的智

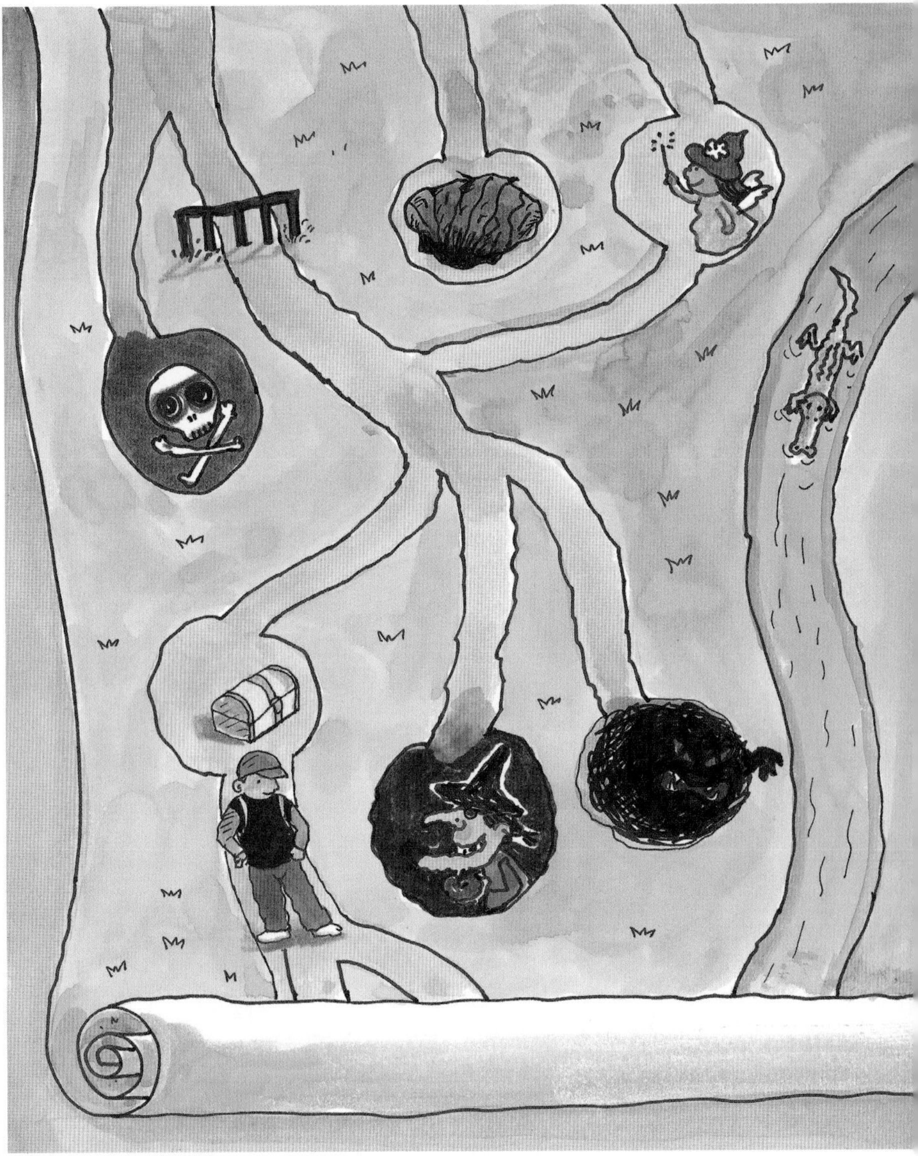

人生就是一個大迷宮，要自己勇敢去闖。

慧，來「趨吉避凶」、「逆增上緣」啊！

事實上，「危機意識」是一個公司致富的來源，也是一個想要成功的人，必須隨時牢記的警惕。

當我們的人生往下走時，要警惕，但不要太沮喪；當我們的人生往上走時，也不要太得意忘形，要謹慎，這樣才會有自在快樂的人生。

你一定要幸福哦！

歸零，也是嶄新的起點！

要勇敢做自己，在婚姻的抉擇點時，是進、是退，都要自己勇敢地選擇。

新認識了一名在媒體工作的小姐，剛開始，她說她是單身，不過聊多了以後，她話匣子打開了，告訴我她交過三、四個男朋友，其中之一，還曾和她訂過婚。

「真的啊！那……訂過婚，怎麼不結婚？」我很好奇地問。

「其實，我以前的未婚夫很聰明，拿博士、當醫生，人長得也很好看，而且，他對我真的很好、很愛我，每個月都拿三萬元給我。」

「哇，那很好，她對妳很照顧啊！」我說。

「對啊，他對我真的很好！可是，問題就出在『他對我太好了，好到讓我受不了』！」這小姐說道。

「怎麼說呢？」

「譬如說，他每天都要我隨時打電話，向他報告我的行蹤，而且，每次掛電話前，都一定要我說『我愛你』，可是，幹嘛每次掛電話前，都要說『我愛你』呢？我想說時，我自然會說嘛，不方便說、或不想說時，你就不要逼我說嘛！」

這女孩說的，真有道理，我就不曾在掛電話前，向我太太說：「我愛你！」假如我這樣說了，我太太一定

說：「你神經病啊！吃錯藥啦？還是你缺錢用啦？」

「那……後來發生了什麼事呢？」我對這小姐的退婚，充滿著好奇。

「後來啊……就是有一次，他打電話來，我正在開會，我小聲地說：『我正在開會，等一下回電話給你！』可是，他說：『妳騙我！』我壓低聲音說：『我真的在開會，不方便！』他說：『好吧，那妳去開會，可是，妳要說「我愛你」！』天哪，搞什麼，我正在開會，吵什麼嘛！所以，我對著手機，小聲對他說：『對不起，我不方便，我老闆正坐在我對面！』可是，你知道嗎，他一定要我馬上說『我愛你』，這什麼嘛，

「拜託，你的愛太重了，會壓死我，我不要！」

真是神經病！我受不了了，一氣之下，就把電話掛斷，關機了！」這小姐娓娓描述當時和未婚夫吵架的過程。

哇，真是太有趣了，我不知道，有人會如此逼別人說——「你一定要馬上說『我愛你！』」

這小姐繼續對我說：「所以，我真的受不了了，當天晚上，我就鼓起勇氣告訴他：『我不結婚了，我要退婚！』我哪受得了這種人？我幹嘛隨時隨地都要受你控制，還要逼我在開會時，當眾說『我愛你』，真是無聊透了！」

就這樣，這小姐勇敢地「退婚」了！

其實，給別人一個空間，就是給自己一個空間。

人與人的相處，經常有溝通障礙，因為，每個人都有自己的想法、個性、風格和習慣；同時，有些人比較強勢，喜歡「管理別人」——「這個不可以、那個不可以、你要這樣說、你要這樣做……」太多自訂的規矩，就很難管理別人，也很難讓人心悅誠服。

一個擅長溝通和管理的人，不必一天到晚訂規則、講規矩，而是學著多給別人關懷、給人空間、為人著想，並且讓人「心甘情願」地喜歡他，這樣，雙方才能皆大歡喜啊！

所以，有人說：「要成就一樁美好的婚姻，要靠兩人真心合作、經營；但，要毀掉一樁美好的姻緣，一個人就夠了！」可不是嗎？

致勝關鍵60秒

我有一個朋友說，年輕時，她的父母、朋友、長官都苦口婆心地勸她不要太衝動，不要嫁給她的未婚夫；可是，她說，喜帖都已經印了，也都發出去了，不結婚的話，怎麼交代？面子往哪裡掛？

她的長官在她結婚的前夕，又再次提醒她：「真的，妳要再仔細想一想，只要還沒有步入禮堂，妳都還有機會取消婚約！」

看在第三者的眼裡，這個婚結下去，鐵定是不好的，她也知道，可是「面子掛不住」啊！後來，她還是結婚了。

如今，她後悔了，先生婚後懶惰、自私、好賭、又抽煙、遊手好閒……她好痛苦、好想離婚哦！然而，後悔又有什麼用？當初別人的話都不聽，如今，只能怨嘆自己當初沒有勇氣說「不」！

只要當初有勇氣說「不」，就不會有今日的痛苦了。

「你一定要幸福哦！」這是送給親愛讀者的一句話。

可是，「幸福」哪有那麼容易啊？事業要成功、婚姻要美滿、家庭要和樂，真的很不容易。尤其是婚姻，在「下賭注結婚」前，一定要睜大眼，才不會看走眼！

假如別人都苦口婆心勸你「要小心」、「要再考慮」、「別太衝動」，自己也要靜心想一想——別人的話有沒有道理？自己會不會太盲目、太衝動了？

假如，聽從別人的規勸，讓自己的思維「歸零再出發」，可能思慮會更周全，人生會更有味、更美好！

婚姻，會讓人「快速老化」！但是，在我們「變老」之時，也要讓我們的生命「變好」。假若，人只「變老」，不「變好」，那是多麼可惜啊！

所以，要勇敢做自己，在婚姻的抉擇點時，是進、是退，都要自己勇敢地選擇。勇敢「打退堂鼓」，不一定是認輸，有時也是「嶄新的起點」啊！

PART 2

陽光燦爛，
展開壯遊之旅！

改名，不如改善自我能力

合成散敗，萬古定理

連「三隻小豬」都知道要團結，才會有力量；可是紛亂的台灣，何時才能領悟、實踐這個道理？

有人取名「小龍」，就像「李小龍」，因為「龍」在傳說中，是可以飛翔在天的吉祥動物。可是，沒有人要取名「小豬」，因為「豬」在大家的印象中，是個負面涵義比較多的動物，所以每個人都很怕被冠上「豬」烙印。

譬如：「你這個人很豬耶」、「你不要胖得像豬好不好？」、「你是睡豬啊？」、「你是大笨豬啊？」、「你懶得像豬一樣」、「你豬頭

「你們看，我們的鼻子好可愛，是不是？」

啦！」……感覺上，豬的文化意涵不高，好像都是被醜化的代名詞。

不幸的是，十二生肖中，我屬「豬」，而且，名字中的「志」，台語發音和「豬」有點相近，所以，從小我的綽號就跟「豬」密不可分，好慘喔！

可是，仔細想一想，「豬」是很有美德的動物啊！您看看，大家不吃的食物，都拿給豬吃，牠很實在，不挑食，一點都不會浪費啊！而且，豬雖然百般被人嘲諷、貶抑、看不起，可是牠還是很慷慨地把全身的肉供人們吃，連豬頭皮、豬腳、豬心、豬肝……都被拿去吃啊！再說，記得「小豬撲滿」嗎？我們小時候總是把錢存在小豬撲滿的肚子裡，愈存愈多、愈高興！小豬撲滿不是提醒我們要節儉、要常存錢嗎？

更重要的是，大家耳熟能詳的「三隻小豬」的故事告訴我們——在面對大野狼的威脅和危險時，要懂得團結，絕不能分化、不能各自為政；只有團結，才能壯大、才有勝利、才會永續發展。

在韓國首爾「安重根紀念館」外，我看見一大塊巨石上，刻著中韓文字並列的醒句——「**合成散敗，萬古定理。**」

看到這八個字，我心中感觸無限！**連三隻小豬都知道「合成散敗」，必須團結，才有力量、才會壯大、才能抵禦外侮；但紛亂的台灣，經濟實力日漸衰退的台灣，何時才能領悟、才能實踐這個連三隻小豬都知道的道理？**

致勝關鍵60秒

自從地方政府規定，可以更改自己的名字之後，就有很多人覺得父母取的名字不好聽，要取一個自己覺得超好聽的名字，運氣才會好。

所以，若到戶政事務所一查，有一些熟齡女性也要跟可愛女生一樣，改名叫什麼「依林」、「丞琳」，或是什麼「燕姿」，可是一看年齡，竟然是五十多歲的歐巴桑。她們說，這是「大師」算出來的筆劃，對未來的運勢有相當大的幫助。

也有一個名叫「國中」的男士，到戶政事務所堅持要改名，原因是他已經拿到了博士學位，名字卻永遠是「國中」，很不好聽，常被朋友取笑。可是，如果把名字改為「博士」，是不是會更好聽？

中正國際機場一夕之間，也被改名了，改為「桃園國際機場」。

可是，在「全球服務最佳機場」中，找不到我們桃園國際機場的名字。相對地，「韓國仁川機場」連續兩年，被國際機場協會評定為「全球最佳機場」（Best Airport Worldwide）。同時，只要我們出國走一走、看一看，大阪關西、北京、上海、香港、吉隆坡、曼谷、新加坡、杜拜、首爾……一大堆機場都極為現代化，而我們，卻只在為老舊機場的「改名」，而爭得面紅耳赤。

「改名，不如改善自我門面！」

「改名，不如改善自我內在能力！」

自我內耗、沒有進步，只會令人搖頭嘆息，「合成散敗」，真是萬古真理。

可是人的自私，以及追求權力的慾望，卻讓人很難團結、很難退讓。

「退讓，就是認輸嗎？」不，有退讓，才有團結；有團結，才會有進步，也才能展現驚人的力量，不是嗎？

「壯遊之旅」的一生

用力活過每一天！

「生命，是一列開向死亡的火車！」

但，這火車，可以經過許多美麗的風景……

有位講師一上台，就對著台下的聽眾說：「生命，是一列開向死亡的火車！」在場聽眾一聽，莫不傻眼。不過，仔細一想，似乎也不無道理，因為，人一出生，就逐漸成長、學習、茁壯；再到青年、中年、老年、死亡……

所以，也有人說：「到達，是離開的開始！」我們每到一個地方，就註定會有離開的那一刻；同理可證——「上課，是下課的開始！」「上班，是下班的開始！」「出國，是回國的開始！」「睡覺，是醒來的開始！」「出生，是死亡的開始！」……

唉，講這麼多，真是一些無聊的話！有些話雖然是不錯，就像「生命，是一列開向死亡的火車」，可是，人不能如此悲觀啊！生命的火車，雖然註定會開向死亡，但，這列火車沿途所經過的路，可以是美麗的田野、清澈的河流、壯闊的山谷、險峻的峭壁；或是綠油油的稻田、秀麗的海灣……

人生的火車，是由自己來駕駛，要開往哪裡，都不需要報備，而是由自己決定時間、方向，自己操控駕駛，不斷向前。所以，我們可以說，人生的火車，是不需要鐵軌的，甚至是可以飛的！

中國大陸的重慶，有一名五十歲的農民劉遠書，只有初中畢業，但他對於地球自轉、萬有引力的生成、地震、火山的發生原因等問題，有非常大的興趣，所以，他拚命買書、看書，進行研究；而他的太太也到處打工賺錢，支持他念書。

劉遠書在三年之中，白天耕作務農，凌晨一點就起床看書，直到天亮。就這樣，他日復一日努力研讀，最後竟然完成一篇萬字的科技論文。這篇論文被全文刊登在《發現》雜誌上，主編只修改了一個字，而且被評選為「優秀學術成果論文一等獎」，而引起科學界極大的關注。

劉遠書說：「知識就是力量！」他已經答應一家科技企業公司的聘請，繼續善用他的知識，創造自己生命的更大價值。

我們生命的這一列「開向死亡的火車」，不一定要是「高學歷」，但，一定要「很努力」！只要我們的生命還有一口氣息在，就應該把握當下；氣息沒有了，火車自然就會到站了、停開了，人也安然而去了！

所以，人生像火車，人生也像帆船，究竟要經過何處、駛向何方，都需要掌舵者自己來決定，才不會迷失方向！

記得在我藝專畢業時，科主任在畢業紀念冊上用毛筆寫著：「漂泊、漂泊、漂泊」等六個大字；那六個字是從大、到中、到小，越來越小，似乎像是一個人在世界上，不停地漂泊。所以，有人就比喻自己的人生說：「我像一片落葉，偶然飛到這裡，當大風吹起，我又走上漂泊之旅……」

可是，我不覺得人生是「漂泊之旅」，而應是「壯遊之旅」。

漂泊，是沒有目標、沒有航向，隨風飄去、隨波逐流；然而，人的生命是要有目標的，「壯遊」也是要有清楚的目的地。

看看機場上的告示牌，有寫「抵達」，也有寫「離開」。從某個角度來看，「抵達」之後，就一定會有「離開」，因為，有抵達的時刻，就會有離開的時刻！有相聚的一天，也會有離別的一天；有誕生的時辰，也會有死亡的時辰……

可是，人不能如此地消極、悲觀！

在「抵達」與「離開」之間，我們可以做的事情很多、很多，絕對不是只有「漂泊」而已！在這期間，我們要清楚自己的方向，「用力活過每一天！」

人生的巨塔，是要用心去堆砌的！

比利時一家雜誌曾對全國六十歲以上的老人做了一次問卷調查，題目是：「你最後悔的是什麼？」結果，高達百分之七十五的人，後悔「年輕時努力不夠，以致事業無成」；也有很多人，後悔「年輕時選擇了錯誤的職業」。當然，也有人後悔「選錯先生、太太」，或後悔「沒好好地鍛鍊身體」……

但，我們這一生，真的要「用力活過每一天」，別讓自己虛度年華；在年老時，我們才能驕傲地說，自己有了「壯遊之旅」的一生！

不說教，要說笑！

多些陽光燦爛的笑臉

自謙式、自嘲式的「自我嘲笑」，經常會博得大家的笑聲和喝采。

您很怕上台演講嗎？我想，大部分人都是一樣，都很怕公開上台演講；但，您別擔心，因為連大人物、大老闆也都一樣，很怕上台演講。

最近一次，我上台演講之前，請工作人員幫我找個兩層的「腳踏墊」，因為，我個子比較矮，怕後面的觀眾看不到我。

後來我告訴大家——我從念國立藝專開始，個子就很矮，只有一百六十五公分，現在，快三十年過去了，還是一百六十五公分。去年，我去體檢，護士小姐認識我，對我說：「戴老師，一百六十四點五。」

我一聽，怎麼縮水了，急忙說：「不，我是一百六十五。」

護士說：「我不會看錯的啦，你明明是一百六十四點五。」

今年我再去體檢，量身高時，護士不認識我，冷冷地說：「一百六十三點九。」

天哪，怎麼會這樣？不會吧！我趕緊說：「不，我是一百六十五。」

這時，護士頭也不抬地說：「先生，你別開玩笑了，我很忙！」

其實，站在台上演講，誰會管你的身高多少？又高又帥，當然外表很好看；可是，像我這樣又矮、又日漸發福的人，就必須懂得「找自己的缺點開玩笑」，才能贏得笑聲。

所以，上台演講時，首先必須「拉近與聽眾的距離」，也必須「先開自己缺點的玩笑」，來自我解嘲。

「哇，我賺到了好多人脈禮物哦！」

有人禿頭，像電火球，就以自己的光頭來開玩笑。

有人講話不流利，也可以拿來自嘲。就像李昌鈺博士在國外演講時說，他以前剛在美國警界做事，英語講得不好，待遇很低；現在，雖然待遇增加了很多，可是，英語還是講得不好。

「自謙式」、「自嘲式」地自我嘲笑，經常會博得大家的笑聲和喝采。所以，別怕上台演講，多找些自己的缺點，多開自己的玩笑，就可以讓別人喜歡你！

當然，演講的內容也很重要，有空時，你不妨多靜下心來想想，在一生之中，哪些事情是最讓你感動的？哪些是最具啟發性的？哪些是最懸疑的？哪些是最令人發噱、好笑的？……

這些內容，都必須靠自己平日多靜下來思考、記錄、分類、演練；有一天，機會來了，你才可以上台侃侃而談啊！

致勝關鍵60秒

在印度，有許多所謂的「大笑俱樂部」，當地居民每天清晨都會聚集在公園裡，練習「愛笑瑜珈術」，大家在公園的一個小角落，不斷地「呵呵呵、哈哈哈」，一直放聲大笑。

這些動作，看起來很愚蠢、很可笑，可是，目前全球已經有五千個「大笑俱樂部」，單單在印度就有三千多個。想想，一群朋友、或是不認識的人，在一起哈哈大笑，真是有夠蠢的；可是，學會「一直哈哈大笑」，不也是一種自我調適、自我放鬆的好方法？因為，在窮苦的印度農村長大，面對的苦難太多了，但，只有自己懂得開懷大笑、自娛娛人，才是苦中作樂的好方法；而且，「笑是免費的」，不是嗎？

其實，「大笑，是最好的輕鬆劑和藥品。」

我有個朋友，每天笑臉常開，每每講到一些事，都會不自覺、也習慣性地哈哈大笑，讓氣氛輕鬆起來，很得人緣，大家都喜歡和她在一起。

從醫學的角度來看，大笑可以使我們的身體吸入更多的氧氣，頭腦會更清楚。如果整天憂鬱不笑、愁眉苦臉，腦中氧氣愈來愈少，腦袋就渾沌不清了。所以，大笑、快樂，可以使我們的頭腦更清醒，也忘記一些身邊的煩惱。

看看孩子是怎麼笑的？他們是用身體在笑的。就像我兒子、女兒，有超好笑的事情時，他們大笑、狂笑、咯咯不停地笑，真的是用身體來笑的。

所以，「丟掉大腦，學孩子用身體笑」，就可以忘卻了身旁的不愉快。

您多久沒有大笑了？生活中或許有苦悶，但我們可以多培養幽默感，用笑聲來化解衝突、減少煩惱。

所以——「不說教，要說笑！」

多一些「陽光燦爛的笑臉」、多一些「關懷的大笑」，都可以讓人與人之間的互動更加美好。因為，「陽光燦爛」是一個人最醒目的標記；而且，「一早先笑笑，就可以笑笑過一天啊！」

脫穎而出、美夢成真

為自己摘下閃耀的星星

人，要努力發現自己的天才，盡情表現才華；
更要像「天生好手」一樣，努力為自己摘星星。

報載，交通大學科技法律研究所學生林彥妤、黃琳君、陳慧芝、許慧瑩等四人，參加「歐洲法聯盟ＷＴＯ國際模擬法庭辯論賽」亞洲區域賽，從四國八隊參賽隊伍中脫穎而出，獲得第三名。

咱們台灣是個非英語系國家，幾乎沒有什麼機會讓學生們講英語，這四名從來沒出過國的「娘子軍」，是如何用英語和香港、印度、新加坡等英語系國家的學生辯論呢？

獲得「最佳辯士」的林彥好說，突破「說英語」的恐懼，不是靠天份或是會考試，而是要多練習。這四名不曾出國留學的研究生，辯論主題是「專利藥品強制授權」，天哪，這是多麼專業的題目啊！我們可能連用中文都難以辯論，可是這四名學生，卻在事前擬好五十個題目，相互模擬回答；而且，她們彼此約定，在賽前一個月，每天相處十個小時，都只能用英語溝通，不管是吃飯、走路、上街、或坐公車時，都不例外。

哇，這真是個好辦法！但，這容不容易做到？不容易！一定要四個人的「自律性」都很強，大家都有一個共同的目標和信念，才能一起自我要求，一起完成使命和任務。

不久前，我的母校奧瑞岡大學外籍學生服務中心寫信告訴我，有一位Dr. Chunsheng Zhang 即將到台灣開會，問我有沒有時間和他見面？我從奧瑞岡大學畢業已十五年，母校有師長前來台灣，自然要抽空和他見一面。

見了面之後，才知道這位母校代表是「張春生博士」，大陸天津人，也是奧瑞岡大學的副校長，主管「國際事務與發展」。

我看了他的名片，有點驚訝，因為，一名華人要當上美國知名大學的副校長，真的很不容易，而且他還很年輕，只比我大兩歲。

聊天中，張副校長告訴我，他是在八十多名美國博士教授中，經過層層考核、甄試，脫穎而出、雀屏中選的。不用說，張博士的英語一定很棒，他說，他已經在美國待了二十一年。

「Dr.張，您知道嗎，我去過你們天津演講，也去過那裡的一所大學參觀，給我很深刻的印象……」我告訴張博士：「那天晚上，我在那所大學校園裡，看到一個湖，湖上有座橋，橋上有很多學生聚集在那兒說話。我搞不懂，這麼晚了，他們還擠在那裡說話幹什麼？旁邊接待人員告訴我，他們是在『練英語』！因為他們有個默契和規定，上了橋，就必須彼此講英語，不能講中文，以增進自己的英語能力……」

這時，張博士笑笑地說：「對，那就是我的母校『天津南開大學』，我們念書時，沒有錢學英語，大家只能這樣逼自己開口講英語，才能進步！噢，對了，我們學校的那個湖，叫做『馬蹄湖』，每天早上、晚上都有人在那裡練英語，那附近也叫做『English corner』；我以前是念外語的，也都是這樣才把英語練出來的！」

人的一生，若能「征服自己、脫穎而出、美夢成真」，是一件多麼快樂的事啊！

多少人的「夢想」，終其一生，都沒有努力實踐，最後，就只成為一個「夢」和「想」，那是多麼可惜和遺憾啊！所以，「堅持，說得很容易，但要做到，卻很難！」

許多人的成功，都是在別人不看好之下，努力拚命不懈，才能脫穎而出；尤其是一個華人，在美國人的世界中，要出類拔萃，是何等困難！但是，有人做到了，因為——**「在任何競賽中，只有付出一一〇%的努力，才能脫穎而出、美夢成真！」**

致勝關鍵60秒

有一名韓國女僑生來台灣念書，別人一聽她的國語腔調怪怪的，就知道她是「外國來的」。有一天，她說：「以前我的口音，讓我覺得很丟臉，因為我的國語講得不好；我是吃泡菜、打雪仗長大的，國語很不流利。不過，我現在想通了——跟別人不一樣，不代表好或不好；而且，我也學習到，凡事要去包容別人的『不一樣』。」

的確，口音不標準，絕沒什麼好丟臉的，就像金髮的外國人，若能說國語，我們都會覺得他很棒，怎麼會去嘲笑他呢？

每個人腦袋的「優勢」和「強項」不同，有些人，語文能力很強；有些人，數理能力很棒；有些人，很有音樂、藝術天份……我們不可能每一樣都很棒，但，我們只要有一、兩樣很棒、很厲害就夠了！別人可以用英語大聲、有技巧地辯論，那是他們的強項；我們若能懂科技、懂鋼琴、懂生化、懂表演、懂教書……也都很好啊！

人，要努力發現自己的天才，盡情表現才華。因為，只要「努力表現、盡情實現」，就可以展現自己生命中的美好。

同時，人也要努力「為自己摘星星」！

星星，是遙不可及的，但，它也是你我生命中閃閃發光的美麗夢想。

你和我，都有「無限可能」。只要找到自己的優勢和強項，我們就要像個「天生好手」一樣，不斷鍛鍊自己的強項，這樣就可以「化不可能為可能」，為自己的生命「摘下閃耀的星星」！

丟掉藉口，往前衝！

沉得住氣，耐得住寂寞

面對不能改變的事實，需要冷靜；
面對能夠改變的事情，需要勇氣！

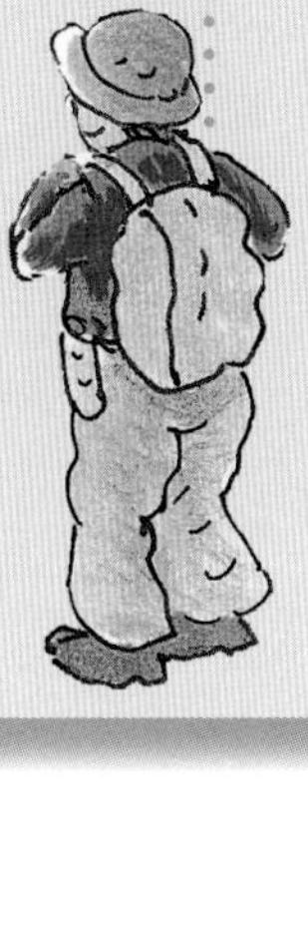

「戴老師：您好！我是個小小私立學院的研究生，想報考博士班，但家人總是叫我不要考，去工作！而自己的指導教授也說，不要考啦，現在教授不好當，博士班也不好畢業，所以不願幫我寫推薦信！可是，我不甘心，為什麼每個人都阻止我？但是，沒有家人的資助和老師的推薦，我是不可能考上博士班的。戴老師，我該放棄博士班嗎？」

其實，念博士班、拿到博士學位，不一定保證將來就會有很好的出路，但，也可能會有更好的發展，完全看自己的表現。

然而，這一生中，一定會有些人「不看好我們」、「不支持我們」；可是，看看那些成功的人，哪一個是以前就被人家看好的？王永慶，以前只念小學；郭台銘，以前只念中國海專；林百里，是僑生，以前念台大，當過助教，誰會想到他們有一天會成為大企業家？當然，他們都沒拿博士，都是靠自己辛苦打拚出來的。

而拿博士，也是人生的追求和夢想，李遠哲、李昌鈺等一大堆博士，也都在自己的專業上，有傑出的表現；而且，「博士」的頭銜是跟著人一輩子走的。

以前，我年輕時，考了八次托福；先前，媽媽也叫我不要考了，找個工作就好，考那麼多次，還出不了國，太辛苦、太難看了。可是，要放棄嗎？出國念書是自己的夢想，雖有挫折，但，絕不退縮、絕不放棄！

「事，在人為；人生路，自己走！」

您知道嗎，「不被看好、被輕視、被說風涼話，是人生的一部分！」

可是，人，不能被別人的一句話所打倒啊！

只要你有心、有願，就要拿出勇氣來，用積極的行動，做給家人和指導教授看；只要你堅持、充滿火熱的信心與動力，誰能阻攔你呢！

就像我曾看過一則廣告詞寫著——**「只要你知道往哪裡去，這個世界，一定會為你讓出一條路來！」**

在台灣念博士班，你可以一邊靠自己的能力賺點錢，一邊念書啊！至於推薦信，教過你的老師那麼多，也有系所主任，一定會有人願意幫你寫的！

事，在人為；人生路，自己走！

想成功的人，必須「沉得住氣，耐得住寂寞」，朝自己的夢想邁進，永不放棄。所以，歷史學家朗赫・尼布爾（R. Niebuhr）曾說：

「面對不能改變的事實，需要冷靜；

面對能夠改變的事情，需要勇氣；

面對能與不能之間的分辨，需要智慧。」

我相信，你面對的是可以改變的事物，所以，「能」與「不能」，就要靠你自己的智慧來抉擇了！

致勝關鍵60秒

有個年輕人常埋怨自己運氣不好、懷才不遇，對週遭的人和環境，也有很多抱怨。後來，有個長輩拿了一粒沙，放在年輕人的手上，叫他丟到地上！

「看到了嗎？你看到這粒沙的位置了嗎？」長者問。

「沒有啊，什麼都沒看到！」年輕人說。

此時，長者又拿了一顆珍珠，放在年輕人手上，叫他丟到地上，再問：「你看到了嗎？看到珍珠了嗎？」

「看到了！它又白又亮，當然一眼就看到了！」年輕人說。

是的，人若像是一粒沙，被丟在地上、丟在沙中，當然什麼都看不見；因為，它被淹沒了。可是，你，如果是一顆珍珠，又白又亮、十分搶眼，任憑誰，都一定會看到它，怎會被淹沒呢？

生命，是要勇往直前的！

生命，是需要用心雕塑、經營的！

如果沒有經過錘鍊、沒有經過鍛鑄，怎能打造出美好的器皿？

丟掉藉口，甩掉各種自我安慰的理由吧！

人，若想成功，就必須丟掉藉口「往前衝」！

很多人都會用各種理由來自我安慰、自我催眠、自我搪塞；然而，在編織理由的過程中，藉口，就會讓成功變成一條「無法到達的無盡長路」。

所以，「沉溺於舒適圈中，不敢突破自己」、「編織各種理由，說別人都不幫助我、不鼓勵我」、「害怕以後會變更差、沒有前景，而不敢改變自己」，都是成功的敵人啊！

戰勝自己，挑戰成功

去做，才有成功的希望！

一個眼光放遠、說做就做的「行動派」，才能使自己脫離困境、邁向順境。

曾經在報上看到一則報導——高雄樹德科技大學休閒事業管理系有名謝姓女生，每天清晨七點，就帶著大、小提琴到校園。做什麼呢？她在練琴。

謝同學主修藝術行政管理，也熱愛音樂，彈得一手好鋼琴；不過，她還學大、小提琴，所以每天一大早，她就自己拎著提琴，到校園中練習。

剛開始，她在理工大樓的中庭練習，可是琴藝不佳，琴音拉得咿咿啞啞，不好聽、好吵，也讓一些理工科的學生做不下實驗，而遭到抗議；於是，她轉換到另一棟大樓練琴。

可是，那棟樓也有人在早自習，被琴聲吵得念不下書，結果又遭人抗議、驅趕。最後，她流浪到生態池畔，因為，只有綠蔭的樹木和水中的游魚，始終友善待她、與她為友，不會抗議琴聲太吵。

當然，琴藝總是會有進步的時候，練習久了，一定會漸入佳境。後來，謝同學鼓起勇氣，拎著琴回到圖資大樓前練習；她的琴聲悠美，沒人抗議，反倒引來許多學生駐足欣賞，而且，她所拉出美妙的旋律，也成了早自習最好的伴奏。

其實，這女孩每天在校園中勤練的，不只是琴藝，最重要的，是「練膽」！

多少人有勇氣，在大庭廣眾之下，拉小提琴練習？尤其是琴藝還不純熟時，拉出的聲音咿啞難聽，很多人會取笑她呀！

然而，**這就是「勇氣」——一股讓自己不畏他人眼光、驅使自己勇敢向**

前的勇氣！

回想自己年輕在藝專念書時，我也曾一大早坐公車到台北新公園的音樂台，不畏眾多陌生人的眼光，勇敢地站上台去，在那邊練習演講。那時，我只憑著一股傻勁，告訴自己——「我可以做到，我要挑戰自己！」

我，沒人邀請、自站上台，很可笑地一個人站在音樂台上，自言自語地演練起演講的台詞！我知道，我在「練膽」，也在練「自信」；台下，有人駐足看我、聽我，而我，紅著臉、定下心，繼續講。

或許有人認為我嘴中念念有詞，像是神經病，我也無所謂，因為，我深知，我在挑戰自己！即使當時臉紅心跳、說話結巴，台下的人，愈聚愈多，但我很高興，因為我沒有退縮、沒有逃脫，我——「戰勝自己、挑戰成功！」

如今，我靠著站在台上演講、分享，賺了我的收入，也賺了我精采豐富的人生。

我們這一生，要了解別人比較容易，可是要了解自己、看清楚自己，卻不太容易。

有時，我們或許可以想想——**「我的耳朵正在聽什麼？我的眼睛正在看什麼？我的雙手正在做什麼？我正在過什麼樣的日子？」**

耳朵正在聽悠揚的音樂，那是別人演奏出來的！

眼睛正在看一幅美麗的畫，那是別人畫出來的！

思緒正在聽別人演講，那是別人練講出來的。

而我，自己——「我正在做什麼？正在過什麼樣的日子？」

這日子，會不會太懶散、太悠閒？

可不可以再進步、再衝刺、再突破？

我相信——「心量有多大，成就便有多大；願力有多堅強，力量就會有多堅強！」

「我一定會拉出最美妙、最好聽的旋律……」

致勝關鍵60秒

有位劉姓男讀者寫來一封回函，上面寫著：

「半年前，錯事連連，如同兵敗山倒般，末路、末路，心已冷了，夢也碎了。逛書店、求充實。感謝上帝安排，我找到了戴老師的書，看了多本之後，鼓起勇氣，找工作……現在，我從事保險工作，三個月來，業績平平，但我又繼續買戴老師的書來看；您知道嗎，我常去看書的書店老闆，後來買了我的保險，成為我的客戶，真是一舉兩得！

聊到沒錢，真是萬萬不能，偏偏又摸到一萬（註：打麻將），怎麼辦？想玩，又怕萬一，騎虎難下，該伸該縮，都痛。人生如同上山爬坡，爬得愈高，愈有成就感，但下坡回家的路上，又豈能不做萬全的準備……」

看到這讀者的信，真覺得他的文筆很棒，描述出很真實的人生和自己的心境；同時，我也看到他一顆想突破、想改變的心。結果，他常買書，也使書店老闆成為他的客戶。

其實，誰的一生能一帆風順？誰的生活中沒有困境？重要的是，人在挫折中，要以什麼樣的態度來面對困境？

做個「行動派」的人吧！一個眼光放遠、說做就做的「積極行動派」，才能使自己脫離困境、邁向順境！

在公共場合練拉琴、在別人面前練演講，是很尷尬；但，那是「行動派」的表現，那是「訓練膽量」的實踐！

「做」比「不做」，永遠都多出一份成功的希望啊！

記住「自我存在的價值」

照亮自己，鼓舞別人

海海人生，如何能盡如人意？
但，能吃、能喝、能哭、能笑，就好幸福哦！

有個朋友告訴我說，他們合唱團最近正在學唱一首歌，叫做「海海人生」，是台語版；其中歌詞的一段是：

「……有人愛著阮，偏偏阮愛的是別人，這情債怎樣計較輸贏？
輕輕鬆鬆人生路途阮來行，無人是應該孤單；
阮會歡喜有緣你作伴，要離開，笑笑阮無牽掛……」

這首台語版的「海海人生」，作詞的是歌手「娃娃」，可是作曲的人，您知道是誰嗎？告訴您答案，是自殺身亡的才氣藝人「張國榮」。

我很驚訝，張國榮竟曾寫出旋律如此優美的曲子，它的廣東原曲名是「沉默是金」；而當我從網路上查看張國榮的生平事蹟，更是訝異——張國榮二十歲時，曾參加麗的電視亞洲音樂大賽，獲得二等獎，而進入演藝圈。他演過《倩女幽魂》、《英雄本色》、《胭脂扣》、《霸王別姬》等近五十部電影，也寫過許多歌曲；其中，他主演的《霸王別姬》，曾獲一九九三年奧斯卡最佳外語片提名。

二〇〇三年四月一日，張國榮在香港跳樓自殺；據說，張國榮在遺書中寫道：「我一生沒有做壞事，為什麼會這樣？」

外界猜測，張國榮是因感情問題而自殺，而其經紀人說，張國榮是罹患憂鬱症，不堪忍受痛苦折磨而自殺。

當然，外界對張國榮的性取向，有多種揣測和說法，只是當我聽到「海海人生」如此美好的旋律和歌詞時，不免會感慨——張國榮如此有才華的歌手和演員，怎麼會走上絕路？

我們的才華，是老天所給予的，我們每個人都要有「自我價值感」——我能為別人做些什麼？即使是清潔隊員，對社會大眾也有貢獻和價值啊！何況，身為這麼棒、這麼有才華的藝人，對所有的華人而言，更是貢獻價值無限，為什麼要輕言結束自己的生命呢？

我們一生，都要讓自己的才華發光，來「照亮自己、鼓舞別人」啊！

人生不如意的事十常八九，但只要我們常保快樂、愉悅的心情，記住「自我存在的價值」，就能照亮自己、鼓舞別人！

致勝關鍵60秒

撞球，最近似乎慢慢地流行起來。

一九六五年九月，世界盃撞球冠軍賽在美國紐約舉行，路易斯．福克斯是眾所矚目的好手，他一路領先，被專家、球評看好，而且，只要再得幾分，就可以抱走世界冠軍的獎盃。

可是，有一隻蒼蠅突然飛來，停在白球上，路易斯就用手揮走蒼蠅。當路易斯俯身、專注要擊球時，蒼蠅竟又飛回來白球上面。此時，路易斯有點惱怒：「怎麼搞的，這隻死蒼蠅專找我麻煩！」於是，他又把蒼蠅趕走。

後來，路易斯彎下身，想要再擊球時，天哪，蒼蠅又飛回白球上了，觀眾看得哈哈大笑。這時，路易斯的情緒壞透了，這蒼蠅是誰派來的？分明是在跟他作對嘛！於是，路易斯就用球桿去擊打蒼蠅。可是，因球桿碰觸了白球，裁判判他「擊球」，因此失去了一次進攻的機會，以致他心情大亂！相反地，他的對手約翰·迪瑞則士氣大振，趁勢反攻，而且愈戰愈勇，最後竟奪走了冠軍的榮耀。

隔天，路易斯的屍體浮在河面上；他，羞憤地自殺了。

其實，何必對蒼蠅發怒、過不去呢？只要定睛、專注於白球，用力擊打白球，蒼蠅自然會飛走，冠軍自然拿到手呀！蒼蠅，那麼輕、那麼小，為什麼要因牠分心、被牠擊倒，而且，連閃耀的一生，也因而隕落、消失無蹤！

人生的旅程，有時要懂得「放鬆」、「放下」！

因為，「放下，心就會自在。」

海海人生，如何能盡如人意？但，「能吃、能喝，就好幸福哦！」「能笑、能哭，也好幸福啊！」

有人沒牙齒了、有人要插鼻管餵食，無法自行吃喝；有人顏面神經麻痺，不能哭、不能笑，我們大部分的人，不都是「好幸福」嗎？

抱持好奇心，靈感不枯竭

「紀律」比「記憶」更重要

「成功，不站在缺乏自知之明的一方！」
「勝利，是站在懂得自律自強的一方！」

咱們教育部最近開放國、高中及五專，可以招收外國學生就讀，不過迄今只核准兩所學校招收外籍生。假如，班上多了外籍生一起上課，氣氛可能會比較不一樣哦！

十九歲的 Mary 是扶輪社安排交換到台灣念書的美國女生，就讀於開南商工。她在一次教育部主辦的座談會上說，她一到台灣就聽別人說，「開南不是最好的學校」，但是，她讀了七個月之後，發現「開南是一所對交換學生最好的學校」。

為什麼呢？因為，在上課時，同學們都交頭接耳、竊竊私語地在講話，所以「上課時也可以練中文」。

而且，開南學生的英文程度都不是很好，不會和她講英文，所以她被逼得隨時都必須用中文和同學講話。

同時，最令她感到快樂的是，開南的學生都不太愛念書，也不太用功，所以放學後不必去上補習班或圖書館；這麼一來，就可以一邊帶她出去玩、去逛街、去認識台北，也一邊練習講中文！

哈，真是太棒了，開南商工真是一所「做好國民外交的最棒學校」，教育部應該多多給予獎勵！

另外一位就讀中和高中的美國女學生Barbara則說，她剛來台灣時，發現同學都自認為英語不好，所以感到「很害羞」；而她呢？她則覺得自己中文講得不好，也很害羞！這麼一來，你害羞、我害羞，大家都「害羞在一起」了！

而念常春藤高中的日籍女生谷山美國說，她剛來台灣時，中文不好，想要去吃「豆花」，卻說，我想要吃「頭髮」，而鬧了一場笑話。

外國學生想把中文學好，的確很不容易，就像我們想把英文學好，也很不簡單，需要更多的自律和練習。

其實，上述文稿內容是來自我們每天所看的報紙，只是我覺得很有趣，所以它成了我剪報中的一則，如今我加以摘錄、整理，寫出來和大家分享，博君一笑。

很多讀者問我：「戴老師，你寫那麼多書，裡面那麼多的笑話和故事，都是從哪裡來的？」

事實上，我每天所看的報紙和雜誌，相信大家也都一樣可以看到，只是，我可能多了一些敏銳的觀察力，以及用心去體會和品嘗罷了！

日本知名作家石田衣良，在接受媒體採訪時說：「睜開眼睛時所看到的世界，就是靈感的最佳來源；只要持續對世界抱持著新鮮感和好奇心，我相信，靈感就不會枯竭！」

的確，我們每個人的「觀察力」、「敏銳力」和「聯想力」，都必須比別人強，也必須對身旁的人事物，都抱持著「新鮮」、「好奇」和「關心」的態度，才能有更鮮活、更有趣的作品和生活情趣啊！

現在的父母，總是要求孩子背英文單字、背歷史地理、背誦詩詞或課文；其實，對孩子將來的成功而言，「紀律」比「記憶」來得更重要！

當然，記憶力好，是很棒的一件事；但是，紀律，是「自律」、是「自我要求」和「自我創造」！

紀律好、懂自律、有創造力、有好習慣的孩子，一定比只懂背誦、記憶的孩子，生活更加多采、快樂啊！

懂自律、有創造力，就可以讓生命快樂飛翔！

致勝關鍵60秒

遇上紅燈，要不要停下來？這是一個極簡單的觀念和動作，但很多人不一定做得到。

大陸江蘇省公安廳指出，「闖紅燈」是最不文明的交通違法行為，所以呼籲市民不要闖紅燈。後來，有一家電視台將攝影機架設在路口，拍攝行人過街的情形，準備對「沒有闖紅燈的行人」，進行獎勵。結果，您知道嗎，三天下來，一連拍了五千多名行人過馬路，居然大家都闖紅燈，禮物始終沒有送出去。

後來，江蘇省公安廳廳長說：「這項活動持續了三個月，結果發現，三個月中，只有一位市民在遇紅燈時，停下腳步等待綠燈。」所以，這禮物就送他了！

自律，的確很重要。在我們這一生中，小時候，父母、師長管教我們；長大後，主管或老闆管我們；結婚後，老婆（老公）管我們……可是，最重要的，是要「自己管自己」啊！

有位公司經理出差到德國，來機場接機的是穿著西裝筆挺的司機。在路上，司機說，他從二十二歲開始當司機，已經當了三十一年。他，明年就要退休了，而他在三十一年之中，沒有一次違規、沒被開過一次罰單。

這真是太了不起了！一個人，堅守崗位、兢兢業業、自我要求、自我嚴律、認真工作，真的是令人肅然起敬！所以——

「成功，不站在缺乏自知之明的一方！」

「勝利，是站在懂得自律自強的一方！」

PART 3

心胸豁達，就會遇上天使！

遇見朝氣的自己

豁達的心，比成績還重要

現在的贏，不能保證將來一定勝利；
現在的輸，也未必將來一定是悲慘！

有一名高中生問我：「戴老師，我在學校被編入最資優的好班，可是，我的成績都在最後幾名，我很痛苦、很不快樂，我該怎麼辦？」

其實，我很慶幸，這一生中，都沒念過什麼大名校，也沒念過什麼好班。看看建中、北一女，這些頂尖的學生，讀國中時，應該都是班上或是全校的前一、二名；可是，進了建中、北一女後，第一名只有一個啊，如果每個人都想考第一名，那一定是很痛苦的。

所以，回首來看，我兩次聯考失敗，真是上帝給我的禮物，因為，我始終不認為我是個成績優秀、頂尖的學生；我知道，我只要有學校念就可以，我不夠資格和其他同學一樣，念台大、政大、交大、清華……我很「認份」，我只要快樂、健康，將來有一技之長就好了，沒念名校沒關係。

看看有些絕頂聰明的學生，考上第一志願了，可是，考上後沒有喜悅，反而覺得無趣、痛苦，所以有人休學了，有人自殺了！唉，父母多心慟、多令人惋惜啊！

我們不要去和別人爭第一，但，我們都要發揮潛力，走出自己生命的第一！

只要努力做自己，看自己不斷成長，你就可以成為自己的第一啊！

你知道嗎，現在很多美國一流大學都有類似「旅遊休閒管理博士」的學位。你很痛苦嗎？你不想念枯燥無味的課程嗎？那你有辦法的話，就去念個

「旅遊休閒管理」的博士，教大家怎麼旅行、休閒、玩樂……這，不也是很棒嗎？讓你自己、也讓大家天天玩樂個過癮！

所以，並不是學校裡的功課很好，將來就可以很有出路；而且，現在功課不太好，也不表示將來沒有出息啊！

人最重要的，是要身心健康、有高EQ智慧、有「不被擊倒的信心與勇氣」，才能在人生路上愈挫愈勇！

也因此，「不灰心、要開心！」我們都要快快樂樂地學習，並看著自己不斷地與日精進！同時，也請你記得——

「現在的贏，不能保證將來一定勝利；

現在的輸，也未必將來一定是悲慘！」

只要擁有「看好自己」、「絕不退縮」的心，不做「挫折情緒的侏儒」，那麼，就必能遇見「朝氣的自己」！

暫時的輸，沒關係，將來也可能會贏啊！

領獎，氣氛總是熱鬧的，因為，有音樂、有獎盃、有獎狀、有獎品……

可是，在一個領獎典禮的會場，當音樂響起的時候，現場只有一人站在台上。他是誰呢？他是「第三名」。不是有五個人要上台領獎嗎？為什麼其他人都沒有上台呢？原因是——

第一名：因為太意外、太高興了，興奮過度，突然休克，送醫院去了。

第二名：心裡不服氣，因為他自認該得第一名，所以拒絕上台領獎。

第四名：成績不理想、不如預期，沒拿到前三名，沒有臉上台領獎。

第五名：「天哪，連第四名都沒上台領獎，我第五名算哪根蔥？怎麼好意思上台領獎？」

好吧，第一名、第二名、第四名、第五名，都有心理障礙，不願上台，只有第三名一個人——光榮上台！

當然，這是個笑話。不過，第四名、第五名其實也都很好、很棒呀！看看那

些數千人參加的馬拉松比賽，密密麻麻的人群一直往前衝；跑在前面的選手，固然很高興，可是，跑在後面的人也別難過，因為，後面的後面，還有很多人，你還勝過很多人啊！

所以，一個人「豁達的心，比成績還重要」。人，要開朗、要樂觀、要豁達、要笑臉常開，才會好運常來。憂鬱、不快樂、愁眉苦臉，人生自然愈來愈痛苦！

「看淡分數吧！」想想你有哪些科目是最棒的，好好認真地經營它；只要豁達、開朗，總有一天「會遇上天使」、「會走好運」的！

別「砸了鏡子，忘了痘子」

跺腳，才能展現飛躍的力量

衝動，會帶來悔恨、造成遺憾！
低個頭、靜個心、綁個鞋帶，多思考一分鐘……

曾經看過一篇報導，提到新竹市富禮國中校長蔡慧嬌提倡「綁鞋帶哲學」——也就是學生在進教室之前，必須脫下鞋子、換穿拖鞋，然後穿著襪子和拖鞋上課。而

下課時，同學們也不能一下子衝出教室，必須慢慢地穿好鞋子、綁上鞋帶，才能走出教室。

這真是個有趣的思維和措施。

剛開始，很多老師很反彈，認為穿拖鞋上課「太隨便」，而且脫鞋子容易產生異味，尤其是體育課之後，汗臭味道真是會臭死人。

可是，從另一觀點來看，因為要脫鞋、也為了面子，男女同學會更注意衛生習慣，也會彼此相互「監督」，所以，同學們都變得更愛乾淨了。

其實，換穿拖鞋上課，蔡校長看重的是，從解、繫鞋帶的過程中，學生們能培養「平心靜氣、凡事三思、謙卑低頭」的習性；上、下課時，都不衝動、冷靜思考、緩衝情緒、不要任意動怒。

蹲下來，綁個鞋，別太衝動！

所以這項措施實施後，師生們都說：「大家的情緒變得穩定多了。」而且，上課也更加專心。

的確，青少年正值血氣方剛的年紀，實踐「綁鞋帶哲學」，讓學生進、出教室前，低頭冷靜一下、或在衝動之前「多思考一分鐘」，真的是個讓人「靜下心、不衝動」的好方法。

人，常因為太過衝動，而違規亂紀、或鑄下大錯。我們都要培養心平氣和、冷靜思考、專心學習的個性，而成為一個「富而好禮」的成功者啊！

衝動，會帶來悔恨；生氣，會造成遺憾！

低個頭、靜個心、綁個鞋帶，多用心、用腦思考一分鐘，人生才不會因為太衝動，而造成不可挽回的遺憾！

致勝關鍵60秒

報載，台北縣樹林鎮某高中一年級的張姓男生，成績中上，個性也算開朗，常負責班上團康活動、壁報製作，也愛搞笑，是班上的「開心果」。可是，一天，

他因英文成績退步，遭父母責罵，就趁全家外出之際，在家中臥房以童軍繩上吊自殺。

警方在張姓學生房間的桌上和牆上，發現幾張便條，上面寫著：「我壓力好大」、「我好像得了憂鬱症」；而痛失愛子的父親，在派出所製作筆錄時，數度難過得掉下眼淚，並不時喃喃自語：「兒子啊，你怎麼這麼傻？」「我好後悔罵你，你回來好不好？……」

人在被責罵時，會一時想不開、一時衝動，而做出傻事，而最痛苦的，就是深愛著他的父母親。

綁鞋帶，必須低頭、必須動用雙手、必須眼睛看著鞋子，也必須靜下心來……做任何事也是一樣，都必須學習沉著，不要易怒。

所以，我們不能「砸了鏡子、忘了痘子」——臉上長痘子，一氣之下，竟然把鏡子砸爛掉，這有什麼用呢？應該去看醫生，醫痘子才對啊！「砸鏡子」有什麼用？生氣、憤怒、自殺，有什麼用呢？

詩人詹澈曾說：「脫掉鞋子，腳跟才能抓穩泥土；跺腳，才能展現飛躍的力量。」

一個人若懂得「日出而戰、日落而息」，隨時反思自己，也在生氣、激動時，多一些「和緩」、「靜氣」，就不會發生令人遺憾的大錯啊！

心是「肉」的，也可以是「柔」的

用心地幫助人加水

自然界中，最能屈能伸的就是「水」；人的心，可以化水之柔情，成聚川之堅毅。

下雨天，好冷，到板橋市公所演講。

出乎意料之外，演講廳裡坐滿了人，我的心，熱了起來。

演講後，在簽書會中，一女士遞給我一張紅色紙條，她沒多說什麼，就靜靜地走了。

簽完名，所有人都離開後，我打開紙條，上面寫著：

「Dear 戴教授：

今天第一次聽您演講，如沐春風，真是名不虛傳的名嘴，我第一次聽到感動落淚。以前常有些老師演講，講到令人睡著，可是，今天您的演講卻是讓我又哭又笑。謝謝您帶給大家希望，也慶幸我今天沒有因下雨而困在家裡，謝謝您，希望您常來！

楊××敬上」

看了這張紅紙條，我心溫暖、感動了一下——「太謝謝楊小姐了！」妳的字句，給我大大的「加持和鼓勵」；妳的美言，太抬舉我了。對我來說，妳真是在我生命的水桶中，加滿了甘甜的水，讓我福杯滿溢啊！

寫作、演講，是我的工作，但是，有時我自己的生命水桶，也會漸漸地乾涸。有時，連續的演講過後，心情和身體是疲累、憔悴的，此時，遇上了一個溫暖的人，帶了一桶甘甜的水，灌注在我身上，「給我鼓勵、給我稱讚、給我肯定」；今夜，風雨中，我所得到的，是飽飽的，也是超過台下聽眾所得到的啊！

其實，我們在生活中，都可以做一個「加水的人」——

一、**幫自己加水**：每天多學習新知識、新觀念；在有好成績時，也對自己大方一點，犒賞自己，給自己買些禮物。

二、**幫別人加水**：多稱讚別人，給別人一些鼓勵，或給別人一些安慰和幫助；當我們默默地幫別人加入甘甜的水時，一定會帶給別人意外「加水的驚喜」！

致勝關鍵60秒

看到報紙上一篇專欄的標題——「毒樹結毒果」。

哇，這個標題好搶眼哦！真的，毒樹只會結出毒果實啊！

人的心，若是憤怒的，臉，自然呈現凶惡的表情。

人的心，若是懶散的，行為，自然是好吃懶做、好逸惡勞。

人的心，若是討厭某一個人，舌頭，自然是說不出好話。

要為自己、為別人多加水哦！

人的嘴角，對人若是微微上揚的，對方的回應，也自然是微笑回應的。

在演講中，我常感動聽眾給我善意的微笑、頻頻點頭的回應。但，有時也會有些聽眾，坐在台下，頭也不抬；偶而抬起頭來，臉部表情冰冷、木然……

此時，我想起——「故事，未必都是快樂的結局。」

我無法讓每個人都滿意我、喜歡我，所以，我也不敢奢望每個人都會對我「微笑以對」。

只是，我也體會到，當我有機會坐在台下時，必須學習——「給台上的人更多的微笑以對、點頭回應，或是掌聲鼓勵！」也在演講會後，給台上的講師一些言詞的肯定和稱讚！畢竟，「幫別人加水」，是一件快樂的事，不是嗎？

「謙卑、用心地幫別人加水」，其實，就是「為自己加水」。

水，是柔和的，它可以被裝進任何的容器裡。

不管外界如何剛硬，自然界中，最能屈能伸的元素，就是水！

不管情勢多麼對立、衝突，人的心，都可以化成「水之柔情」。

心，是「肉」的；心，也可以是「柔」的。

當「心是柔和、柔美」時，就像水一樣，能納百川成巨河；當「用心為別人加水」時，我們心中的水，也自然匯聚啊！

「除了愛，我一無所有！」

化軟弱為剛強，化眼淚為歡笑

「誰能把青春保持到老年，
不讓自己的心靈冷卻，誰就是幸福的人！」

沒想到，杏林子離開大家，已經四年了。

那天，我應邀參加杏林子逝世四週年紀念禮拜時，心中真是感觸良多。原名「劉俠」的杏林子小姐，因負責照顧的印尼女傭精神異常，而遭到她嚴重拉扯和傷害，緊急送往三軍總醫院急救，仍不幸離世。

在追思禮拜中，劉俠的哥哥劉侃說：劉俠只有小學畢業，在她十二歲時罹患「類風濕性關節炎」，全身關節均告損壞，但她仍努力寫作不輟。

劉侃回憶，劉俠的第一篇文章是刊登在《國語日報》，稿費只有區區「五元」；當時，是他代替妹妹到郵局去領回來的。雖然五元的稿費少得可憐，但這五元對劉俠來說，意義卻非常重大，因為無法走路的劉俠，找到了「自己生命存在的價值」——她是有用的，她要靠她的筆，來鼓勵更多病痛、灰心、喪志的人。

當天，有許多劉俠生前的親朋好友，都前來參加追思禮拜，場面雖然肅穆，卻不哀慟、也不哭泣，因為每個人都知道——「在天上的劉俠，會希望大家以快樂的心，而不是用悲泣、哭喪的臉，來紀念她。」

劉俠的老家，在陝西省扶風縣杏林鎮，也為了紀念她一輩子與醫院結下的不解之緣，所以她用「杏林子」為筆名。

劉俠曾說：「除了愛，我一無所有。」

劉俠的一生，大都是坐在輪椅、躺臥病床，並與病痛為伍，但她說：

「我雖有病痛，但心靈卻是自由的！」

劉俠的筆，就是「愛和光」。

她把黑夜趕走，也帶給大家熱量和光明。

其實，天下沒有什麼「偉大聖人」，也很少有人能在一生中，締造出極大的豐功偉績！

但，就你我的平凡人生來說，人的一生之中，只要有一件事做得很棒、很美好，受後人景仰、懷念，就足夠了！

杏林子的一生，帶給大家無數生命的動力，也讓我們學習她戰勝病痛、永不退縮的精神。而我也記得她所說的——

「要化軟弱為剛強，化眼淚為歡笑！」

「與其詛咒黑暗，何不點亮蠟燭！」

美國作家兼演說家芭芭拉·強森（Barbara Johnson），在一場演說中講到一個故事——有人貼出了一張「尋狗啟示」，內容描述這隻狗：「腳三隻、左眼瞎、無右耳、尾巴斷一截，最近做了結紮手術。牠的名字，叫『Lucky』（幸運兒），叫牠，牠會回應。」

您Lucky嗎？其實，我們都算是Lucky，都是幸福的！看看杏林子，一生大部分都坐在輪椅上、躺在病床上、風濕關節痛、無法拿筆、無法行走……然而，她卻帶給大家無窮的「愛和希望」！

我們不管遭遇過多少悲慘，我們都要Lucky，要快樂、勇敢、豁達地面對自己的人生啊！

台語有一句俗話說：「有肉嫌無菜——不知足」，也就是說，人要知足常樂，不能太貪心；有肉吃已經很好，不要「有肉，還嫌沒有蔬菜」，真是要求太多了！要求太多，只會帶給自己痛苦而已。

所以，「命好的人，常喊命很苦；命不好的人，卻常吃苦！」

我們的命，應該都算是很好，而且，我們都應該可以學習去安慰別人，而不要一直「期待別人安慰」；就像杏林子一樣，即使在痛苦中，依然能樂觀地安慰別人，讓別人重新燃起生命的火花。

俄國哲學家別林斯基說：「誰能把青春保持到老年，不讓自己的心靈冷卻，誰就是幸福的人！」

我們要讓自己的心「跳躍、火熱」，不能「靜死、冷卻」啊！

感謝失敗，才能東山再起！

腰要軟一點，肩要硬一點

愈不肯承認失敗，失敗就會更賴著不走；只有承認失敗、感謝失敗，才能邁向成功！

早上，打完羽毛球，開車經過麥當勞，心想，車上有早餐卡，就去買一份早餐吧！一下車，看到前面剛下車的車主，很面熟……他是？……噢，對了，他就是全台灣地區麥當勞的總裁李明元。

我驅前和他打招呼。他愣了一下

子，不太記得我了。

我說：「總裁，五、六年前我曾經採訪過您！」噢，他想起來了！

太巧了，兩輛車停在一起，李總裁親切地招待我，也請我吃麥當勞早餐。我對李總裁說：「我常坐在你們麥當勞看書、寫稿哦！」

「真的？太好了，我們全台灣三百五十家麥當勞都可以無線上網，歡迎你多加利用！」李總裁說。

其實，一個人只要靜下來一小時，就可以做很多事。人只要靜下心來，專注於一，就能閱讀、寫作、計畫、自省、用功、發想創意……

人的心，有時太雜、太亂了，朋友太多了、玩心太重

了，以致心靜不下來。但，只要找個地方靜下心來，就能讀一些好文章，也可以學習用中英文寫日記。

現在，我也嘗試再靜下來，坐在麥當勞裡，專心閱讀、寫作；同時，也學到一些新話語：

「腰要軟一點，肩要硬一點！」——人的腰，要軟一點，才能常低頭，才不會撞到頭；人的肩，要硬一點，才能勇敢地扛起責任，不能沒肩膀、沒骨氣啊！

真的，人，要謙卑，不要強出頭！腰軟一點，多請教別人、多感謝別人、千萬不能「腰太硬，肩太軟」啊！

致勝關鍵60秒

有個方丈禪房，外頭有青石鋪設的平坦地面，可是，正對禪房的門外，卻有一塊青石，突出地面一寸高；也因這塊突兀的地面，一些前來禪房的人，常會被絆倒而跌跤。

一天，一個小沙彌與沖沖地前往禪房向方丈報告事情，一不小心，被突出的青石絆倒了，膝蓋也破皮了；小沙彌生氣地說：「這是誰鋪的地啊？這石頭鋪得這麼高，會絆死人的！我一定要拿鏟子，把它剷平不可！」

這時，方丈語重心長地說：「這個世界上，哪有所有的地都是平的？馬路上，也有坑洞啊！這塊突出的青石，是以前我們的前輩特別設置和留下來的，目的就是要我們認清人生的道路，一定有困頓，也會有坎坷不平！所以走路時，一定要小心、謹慎，看清腳下的路……」

的確，人生的路，有時會有絆腳石，所以，在愈接近目的地時，愈要小心，免得跌了一大跤。

我很喜歡閱讀，更喜歡看一些發人深省的小故事、小啟示、小觀念。

英國經濟學家歐墨洛教授，最近一直在倡導少有人談過的「失敗學」和「失敗經濟學」；也就是說，所有企業、或是公共政策領袖，都必須從「失敗」中，獲得教訓。就像一個人，一定要「感謝失敗」，絕不能「痛恨失敗」！

因為，愈不肯承認失敗、愈痛恨失敗，那麼，失敗就會更賴著不走，甚至如影隨形；只有承認失敗、感謝失敗，才能從中汲取教訓、邁向成功。

人，可以做個「柔軟的人」——承認失敗、感謝失敗，才能東山再起、嶄露頭角！

面帶微笑，眼前即樂園

征服低潮、邁向高潮！

生活中，都有挫敗和不如意，
但只要面帶微笑，就會「遇見天使」啊！

穿著短褲、戴著耳機，走在台大椰林大道上，聽著古典音樂……我看著即將落下的夕陽餘暉，心想著，我真是幸福啊！

昨天，我在頂級的君悅大飯店，對著一群扶輪社的前社長們演講；他們都是在各行各業頂尖、有傑出表現的大老闆，而我，有幸和他們分享我的學習心得。

今天，我穿著短褲，在台大校園裡安靜地走著、慢跑著，也在學生餐廳裡，吃著一客六十元的雞腿飯，看著身旁都是年輕的學生們，頓時也使我覺得年輕了起來。

二十三年前，我從部隊退伍，就是在這台大總圖書館裡，一人默默地苦讀，準備考托福；我經常一整天沒說一句話，因為我只念三專，我沒有認識的同學或老師在台大。

當時，我曾因沒有學生證，而在台大總圖被圖書館員「請」了出來，無法在館內念書；如今，我在台大附近買了一層四、五十坪的辦公室，也因此，我常到台大校園裡漫步、聽音樂，享受椰林和杜鵑花之美。

中華棒球隊在亞運會冠亞軍賽中，擊出再見安打、打垮日本的健將林智勝，曾對媒體記者說，他喜歡看我寫的書。我很高興，雖然我不認識他，素昧平生。而他也說，他很享受「棒球帶給他的人生低潮和高潮」。

走在台大校園，我突然體會到——「我也享受寫作帶給我的人生低潮和高潮！」我寫的書，並不是本本都如預期地暢銷，有時也會銷售狀況不佳，而令我極為挫敗和沮喪；然而，人總是要勇敢地「走出低潮」，而「邁向高潮」啊！

真的，我要告訴親愛的讀者們——「人可以有缺點，但不能沒成就！」你我都要大聲告訴自己：「我要征服低潮、享受人生高潮！」

致勝關鍵60秒

暑假，想帶太太和兩個小孩到美國奧瑞岡大學去玩，順便再到「黃石公園」、「冰河公園」等地一遊。可是，我的美國簽證到期了，必須重新辦理。

因恐怖主義氣氛籠罩，所以聽說美國簽證不太容易獲得。那天，我心裡有點緊張，也經過重重的手續、壓指紋，終於到了最後一關「面談」。在四個面談窗口中，輪到我時，那男性美國面談官問我：「你要去美國哪裡？」我說：「我要去奧瑞岡州。」「為什麼？」「因為我是從奧瑞岡大學畢業。」我回答。

那面談官嚴肅地看了我一眼，再問：「你是哪一年畢業的？」

「一九九二年。」我心裡有準備，所以回答得很快。

面談官看著我，笑笑對我說：「我也是U of O（奧瑞岡大學）、一九九二年畢業的。」

哈，太巧了！他又問：「是在Eugene？」「對，是在Eugene。」我們學校所在的地名是Eugene。面談官遇到我這個「校友」，而且是同一年畢業的，頓時變得很親切。

他又問：「你的學位是……」我順手拿出畢業證書說：「是Ph. D.。」

「這裡有校友會嗎？」面談官問道。

「有，但不是很健全……前幾個禮拜，副校長還來過台北，校長可能下個月會來台北……」我心情輕鬆地說著。

「噢，對了，你是念什麼的？」我問面談官。「中文。」「我很懷念Oregon的校園……」我順口說道。「我也是。」「畢業後，你有回去過學校嗎？」

「有，回去過一、兩次。」面談官回答我。

那一天，去辦美國簽證，在我後面等待的人，都聽見我和面談官兩人在「閒話家常」，像是開「校友會」一樣；而且，本來是他interview我，後來竟變成我

我要征服低潮，享受人生高潮！

interview 他！哈，太有趣了！當然，我的美國簽證也順利拿到了。

我喜歡一句話：「來的，都是好的！」

生活中，有時會有挫敗、不如意，但只要「轉個心念、面帶微笑」，就會遇見天使；因為——「眼前即樂園」啊！

畢業後的我，有三、四次回到美國奧瑞岡大學，走在蒼勁大樹、綠草如茵的校園，重溫美國求學時期的快樂日子。而在台北，我時常走在台大校園中，那是我「無緣考上的學校」！然而，這就是人生——我們一定要「征服低潮、邁向高潮」；生命，就是樂園，只看我們如何去面對它、享受它！

放下，就會自在，沒有罣礙！

失意人生的快樂指南

只要擁有好心情，「心存樂觀、樂在工作」，就能「忙到沒時間哭泣、沒時間憂鬱」了！

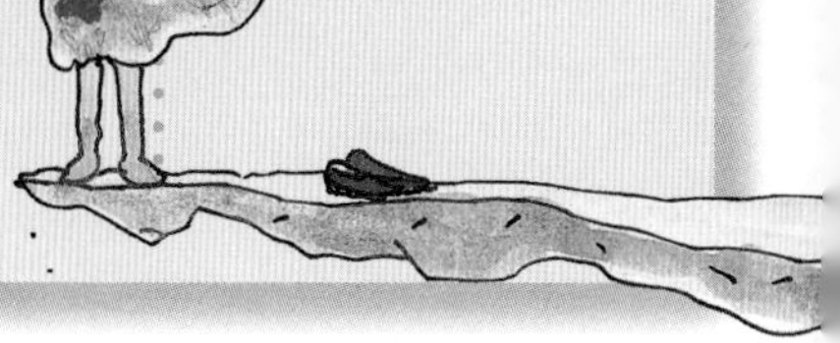

你用的手機是哪個廠牌？太多廠牌的手機，琳瑯滿目，而我曾用過多次南韓三星的手機。可是，前一陣子，看到新聞報導，南韓三星集團總裁李健熙的么女李允馨，在美國紐約不幸身亡，年僅二十六歲。

李允馨原本是個活潑可愛的女孩，外表長得十分俏秀、美麗；可是，她怎麼會死亡呢？一開始，三星集團宣稱，她是車禍喪生，但是南韓媒體派出大批記者訪查，卻找不到有關李允馨出車禍的記錄。後來，三星集團才證實，李允馨是上吊自盡。

根據紐約市法醫處的驗屍報告，李允馨是在曼哈頓的公寓內，用電線上吊、身亡，而不是車禍死亡。

為什麼三星大集團總裁的美麗女兒，要選擇如此下策，來結束自己的生命，而香消玉殞呢？南韓媒體引用消息人士的談

話指出，李允馨的婚事，遭到父母強烈的反對，也因此，她一直為憂鬱症所苦，每天悶悶不樂。後來她赴美進修，就讀紐約大學，但依然很不快樂，最後，她選擇上吊自殺，而她的屍體是由她男友在住處中發現。

當時，李允馨正是二十六歲的荳蔻年華，擁有兩億美元的身價……

當然，我們不是李允

別衝動，失意人生，還有光明前景啊！

馨，無法體會她心中的苦悶和憂鬱。或許婚事受阻、被家人反對，使她覺得「父母為什麼要反對我？」「老天為什麼對我這麼不公平？」「我為什麼這麼可憐？」「我的幸福全毀了，我活不下去了」……

不過，好像也沒有如此悲慘吧！事情總還沒走到絕路，何必把自己逼到死角呢？家世這麼好，外型這麼漂亮，一生中可以做的美好事情那麼多，而且，還有兩億美元身價，多棒啊！若給我兩億美元，要我離開以前的女朋友，我會義無反顧，並且，會分一半給她，叫她「以後大家各自過著幸福快樂的日子，有空再聯絡！」

其實，人生就是要——「多想」快樂的事；「多說」有益的好話；「多做」幫助別人的事。

可是，人一自殺，結束自己的生命，什麼都沒有了，一切都變成虛空了！相反地，若勇敢地「走出陰霾、克服憂鬱」，我們的人生就能「征服低潮、創造高潮」啊！

所以，我們都要「做自己的主人」，也學習——「放下心中的石頭，放下心中的憂愁、苦悶、悲傷和怨恨。」

因為，「放下，就會自在，沒有罣礙！」

星雲法師說：「不要把煩惱帶到床上、不要將憂鬱帶到明天、不要把不如意傳染給別人。」

一個人「擁有好心情」是需要學習的。只要「心存樂觀、樂在工作」，讓自己即使忙碌，也保持快樂的心情，那麼，我們就會——「忙到沒有時間憂鬱、沒有時間哭泣，也沒有時間變老了！」

致勝關鍵60秒

老徐一個人在酒吧裡喝悶酒，心裡很不痛快。

後來，一個老兄走了過來，就問老徐說：「幹嘛這麼鬱卒？到底發生什麼事情，讓你這麼不高興？」

老徐說：「我……我真的好慘，我老婆把我銀行裡的錢通通拐跑了！」

那老兄說：「唉，這有什麼慘呢？你還算很幸運的！你知道嗎，我老婆拿走我所有的財產，可是，她卻還賴著不肯走呢！」

人的婚姻，有時很不如意；男女的感情，多年後，也可能變質；相愛的戀人，也不一定得到父母、朋友的祝福……

談戀愛很高興、很快樂，可是，過程中若不順利，甚至有很多阻礙，就會產生意想不到的「痛苦和失意」。然而，失意時，豈能輕言「輕生」呢？失意時，一定要為自己找到「失意人生的快樂指南」啊！

「快樂指南」或「幸福指南」，要自己找——找些朋友談談心，找老師深談、諮詢，「轉個心、換個念」！

這幾天，我看到一則新聞——二十九歲的陳奕達，原本是奇美光電的工程師，三年前因視網膜病變，導致全盲。但，他只痛苦了一週，他說：「周圍的人都因為我而不快樂，所以我要快樂起來。」

後來，陳奕達在廣播研習營認識「輪椅美女」陳冠如小姐；於是——「他做她的腳，她當他的眼」，兩人一起出國旅遊、圓夢！

您知道嗎？人只要找到合適的伴，就會快樂起來！所以，曾獲伊甸輪椅親善大使第二名的陳冠如說，有了他，生活變得「很方便」；兩人交往一年半，他推輪椅，她指點道路的方向，兩人竟逛遍夜市和百貨公司。

所以，失意人生，要自己去找尋「幸福指南」；只要有心、有情、有愛，就能克服一切障礙！

PART 4

別再抱怨，勇敢努力實踐！

魔鬼，有的長得很慈祥哦！

想和你一起慢慢變老

天使與惡魔，是不容易分清楚的；
長得眉目慈愛、溫柔婉約的魔鬼，常在我們身邊啊！

在中國蘭州，有一位四十歲的夢先生，中秋節時收到一則未具名的簡訊，上面寫著「節日快樂，全家快樂」。當時，夢先生很納悶，心想：「這是誰啊？這個電話號碼從來就沒見過！」

後來，夢先生隨即回了簡訊：「快快報上名來！」就這樣，家住在浙江的江小姐收到了「電波」，竟開始了兩人一來一往的「愛情簡訊」。

沒見過面，可是，他們兩人卻在兩個月之內，共發送了五百多則簡訊。當然，沒看見對方，只靠簡訊交流、談戀愛，是比較浪漫、且不會吵架的。但，會不會是詐騙集團，也不知道。不過，這兩個相隔千里的男女，竟逐步地相互了解、信任，也相愛了起來。

兩個月過後，江小姐決定和夢先生見面；可是，她家人全都反對，誰知道對方是不是騙子啊？然而江小姐深信，冥冥之中有一股莫名力量的鼓舞，也相信這簡訊傳送的信任和緣分！

於是，她辭去還不錯的工作，單槍匹馬從浙江回到昆明老家，再經過一天的奔波後，終於抵達蘭州。

在機場大廳，夢先生憑著照片，在熙來攘往的人群中，認出了「未曾謀面的心上人」，也獻上了一大束鮮花。這，叫做「千里情緣一線牽」，簡訊譜戀曲，也讓他們走入婚姻禮堂。

以前，我也曾接過幾則「錯發簡訊」，上面寫著：「分手就分手吧，你神經病，去死啦！」看得我嚇死了，怎麼敢回覆？老天，不能回、不能回！

尼可羅斯（B. Nichols）說：「婚姻這本書，第一章是詩歌，其餘的全是雜文。」（"Marriage is a book of which the first chapter is written in poetry and remaining chapters in prose."）看了這句話，讓我頭皮發麻，但也心有戚戚焉。

有句歌詞說：**「我能想到最浪漫的事，就是和你一起慢慢變老。」**

哈，這真是浪漫？那可不一定，有人是「活到老、吵到老、被罵到老、直到白髮蒼蒼、沒有力氣反擊為止。」

梁思成曾問林徽音：「為什麼是我？」林徽音說：**「這個答案很長，要用一生一世的時間來回答你。」**

嗯，好浪漫喔！

情緣，有時很美、很浪漫。但，有時很不美、很悲傷——「為什麼會是我？」「可不可以不要是我？」「我不要可以嗎？」……唉，愛情美不美，都是自找的！

致勝關鍵60秒

在台北市，有一名四十八歲的林姓男子，從國中時就喜歡上欣欣客運五號公車的一名車掌小姐。天哪，念國中上學時，一看到那張姓車掌，笑容好甜、好美，「林小弟」就一直暗戀著她；她，也對小弟特別照顧，有時故意不剪他的票。

三十多年過去了，林小弟變成中年的林先生了。他未婚，心中仍牽繫著昔日外貌亮麗、身材曼妙的車掌小姐。而張女，如今已五十二歲了，但她駐顏有術，看起來仍像個只有四十出頭的貴夫人。

林先生靠著腦海裡的記憶，獨自一人經過幾番折磨，終於找到了令他難以忘懷的「初戀情人」；她，雖已離婚，但依然是風姿綽約，獨自扶養子女。

兩人見面時，張女亮麗依舊，林先生則沉浸在昔日甜蜜的回憶之中。此時，張女突然說，要南下屏東做生意，急需三十萬現金；被昔日情人夢沖昏了頭的林先生，一口答應借錢給張女；交錢當晚，他們倆開開心心地逛街、吃東西，彷彿重回三十多年前「完美情人」的甜蜜記憶。

可是，談完心，錢拿走，張女立即消失無蹤；電話變成傳真號碼，手機也停

手機愛情，好浪漫哦！但，要小心，魔鬼也可能在身邊！

話，成了空號……這，是一場令人心碎的惡夢！錢，被騙了！魂牽夢縈三十多年的情人，竟騙了他三十萬元。

醇酒，變調了；純情，走味了。相見，不如不見！

人性，誰猜得透呢？人性難敵金錢的誘惑啊！尋尋覓覓三十多年，換來的，竟是一夕夢碎。

「天使」與「惡魔」，是不容易分清楚的。長得像天使，眉目慈愛、溫柔婉約的魔鬼，時常圍繞在我們身邊啊！

魔鬼，絕不是長得怒目大眼、凶狠可憎！魔鬼，一定是非常慈祥、笑容可掬、輕聲細語，對我們呵護有加，以致於我們都以為他是和善的「天使」啊！

努力「創造自己的舞台」

閉上抱怨的嘴巴吧！

人生的舞台，不可能一切都順心如意，
但，不妨去創造一個自己嚮往的天地吧！

二〇〇七年奧斯卡金像獎最佳男主角，由黑人演員佛瑞斯特懷特克（Forest Whitaker），以「最後的蘇格蘭王」一片勇奪。

四十五歲的佛瑞斯特懷特克，擊敗了李奧納多、雷恩葛斯林、彼得奧圖、威爾史密斯等男明星，拿下「影帝」的頭銜。他在獲得奧斯卡小金人時，激動地說：「這座獎告訴了我，一個從德州來的孩子，也可以追求自己的夢想，讓自己心中的信念成真！」

佛瑞斯特在「最後的蘇格蘭王」中，飾演冷酷無情的前烏干達總理阿敏。在七十年代，阿敏是令人聞之喪膽的「烏干達人魔」；他在八年的執政期間，為整肅異己而大肆屠殺，超過三十萬人慘遭殺害，民眾挖墳墓的速度，比不上阿敏殺人的速度。

佛瑞斯特為了演好這個「魔鬼獨裁者」的角色，在影片開拍之前就先到烏干達居住、做研究，學習當地的斯華西里土語、適應族人的飲食，也和阿敏生前的兄弟姐妹及官員做深入訪談……佛瑞斯特幾乎二十四小時都融入阿敏的角色之中。

而在影片殺青之後，佛瑞斯特必須還原自己，不僅立刻跑去徹底洗澡，用力刷洗自己的身體，企圖把阿敏的心魂與痕跡刷洗掉，更在房中對自己大喊大叫，好把阿敏的聲音趕走，並把自己原本的聲音和性情找回來。

其實，我們每個人都要努力「創造自己的舞台」。

人生的舞台，不可能一切都順心如意；但，如果覺得現在的舞台難以伸

展、發揮，不妨就努力去創造一個自己嚮往的天地吧！

就像佛瑞斯特一樣，儘管好萊塢巨星眾多，但只要肯用心、肯投入，認真扮演好自己的角色，就一定可以找到自己的生命舞台，也會奪得生命中「最佳男、女主角」的榮耀。

致勝關鍵60秒

法國作家拉芳登曾寫過一則故事——有一個名叫柏雷特的小女孩，小心翼翼地將牛奶桶頂在頭上，要拿到鎮上去賣。她一邊走，也一邊想著：當她把牛奶賣光後，就可以拿錢去換一百個雞蛋；這些雞蛋帶回家後，她可以把雞蛋孵化成小雞；然後，她又可以把小雞養成大雞，再拿到市場上去賣；賣得了錢，她就能拿錢去買小豬；再把小豬慢慢養大，她就可以把大豬賣掉，再去買一隻母牛……

柏雷特真的好高興，因她不久之後，就可以擁有許多財富，於是她高興地跳了起來！可是，這時她頭上的牛奶桶掉在地上，牛奶也灑了一地，她急得大叫：「天哪，我的小雞、我的小豬、我的母牛……」

很多事情，如果只是用想的，而且想得天花亂墜，有一天，可能只會是「空想」；夢，也可能只是「白日夢」。

人在「想」之後，一定要去「做」、去「實踐」，才有成績啊！

就像要扮演一名「殺人惡魔」的男主角，也必須用心去揣摩、認真去了解惡魔的習性、口音、動作、眼神……才能演得像啊！

很多人常會抱怨自己的「運氣不好」！可是，什麼是運氣好？什麼是不好？如果沒有準備、實力不夠，運氣來時，我們也可能無法抓得住它呀！

想想——我可以是男主角嗎？我可以獨當一面嗎？我可以從容上台嗎？我能展現什麼？我能秀出哪些才華？

「閉上抱怨的嘴巴吧！」

「摘下憤世嫉俗的眼鏡吧！」

只有認真踏實地「去做」，才能堆砌出生命中的「最佳男主角」！

有危機意識，才會專注

信念堅定，持之以恆

人踏入社會時，不能當「碰碰球」，不能沒目標、沒方向，隨便撞來撞去！

有個女孩大學畢業，原本住在家裡，但是為了追求「更自由的生活空間」，她不顧家人反對，就搬到外面租房子，開始獨立的生活。

可是過了半年，這女孩決定搬回父母家住。為什麼？因為在外面租屋，花費實在太大了；以前住在家裡，吃、喝等任何事情都是「伸手牌」，直到搬到外面去，才發覺以前靠父母生活，省了無數的錢；現在，她驚訝地說：

「原來攤子上的水果很貴耶！」

人，有危機感，才會成長、進步！

人，有危機意識，才會care，才會在乎，才會專注！

在競爭激烈的大環境裡，年輕人若無危機感，只會頹廢、懶散，每天住在家裡給父母養，事事都是「伸手牌」，那真是可憐、可悲。

聯強國際總裁杜書伍，年輕剛進入職場時，短短四年，就當上聯強的前身——「聯通電腦」公司總經理。他說，他是個「危機感超強的人」，考上交大後，怕畢業找不到工作，就到處修學分，也抱著管理大師彼得．杜拉克厚厚的書，用心苦讀。

杜書伍說，年輕人千萬別當社會的「碰碰球」——踏入社會，就像碰碰球一樣，沒有目標、沒有方向，隨便撞來撞去，是很浪費時間和生命的！

人就是要有「危機意識」，不能當碰碰球，而要不斷地充實自己、隨時備戰。我認識一個女孩，台大冷門科系畢業一年，找不到工作，只能擔任家教。她說，家教工作曾讓她講課講到喉嚨發炎，很不舒服；那時，她才發現——「花一百元很容易，但要賺一百元很難！」

真的，危機感來臨時，才會知道賺錢很不容易！人要專注、要備戰、要未雨稠繆，才能讓危機變成轉機，讓人生「轉虧為盈」啊！

致勝關鍵60秒

德國西南部藍波森鎮，有一名牧師許衛斯格，熱心地發送三百份介紹耶穌生平的錄影帶給信徒觀看；因為，大部分信徒都不太喜歡讀聖經，而喜歡觀看動態影像的錄影帶。

然而，在向慕尼黑影片拷貝廠訂購的三百捲「耶穌生平錄影帶」中，有兩百捲因包裝錯誤，內容竟然是令人臉紅心跳的A片。教會和牧師事前都沒有檢查，也未發現，結果，就這樣把兩百捲A片影帶全部都發送給信徒了。也因此，信徒看「耶穌生平影帶」，竟變成看「××級的A片」……

太扯了，真是搞了個大烏龍！

走人生路，要有目標、有危機意識！

做事情不用心、不認真、太輕忽、沒有危機意識，就會搞出大烏龍的糗事！

古人說：「欲善終，當慎始」、「不慎始，必禍其終」。剛開始，不小心、沒有危機意識，就會造成錯誤、出糗的結果。

有些女孩，一心想當「名模」，一圓明星夢，就被經紀公司利用，假藉拍宣傳照，製作光碟、相片等名義，大賺黑心錢。結果，女孩一直刷卡，砸了一百多萬元，極力爭取試鏡、出名的機會；最後，才知道，那是個「星夢陷阱」，夢醒時，則變成了痛不欲生的「卡奴」！

所以，凡事必須「慎始」，切勿太衝動，也必須心存「危機感」。看看那些吸大麻的藝人，因「不慎始」，被警方強制勒戒，個個後悔不已。藝人戎祥在經過五十天的勒戒後說：「蹲苦窯的日子真不是人過的，我寧願用所有的財產，換取勒戒失去的自由……」

人生，就是要「信念堅定、持之以恆」，朝著正確的目標前進；但，過程之中，要有危機意識、要慎始、要謹慎啊！

聽清楚，寫下來，說出來

別讓人際溝通「溝不通」

人在溝通時，常會各想各的、各說各的，以致造成「溝通不良」的障礙和誤會。

有一次，我從台北搭飛機到高雄中正文化中心演講，可是，到了會場卻發現，演講會場燈光暗暗的，沒有任何人員和聽眾在那裡。

我想，我的演講再怎麼差，也不應該連一個聽眾都沒有吧！至少，也應該有承辦人員在呀！當時，我的心情很沮喪，也打個電話給承辦人，詢問到底是怎麼回事？

「啊？戴老師，你怎麼會到高雄啦？演講會不是今天，是在下個星期啊！」承辦人如此說。

「怎麼會呢？我的記事簿上，寫的明明是今天呀！」我放下手上的電腦和投影機，心裡真是生氣；先前電話溝通時，講好的演講日期明明是今天，怎麼會是下個星期？

生氣，也沒辦法，反正人家說是下個星期！可是，我這個人就是有「隨手寫筆記」的習慣，我相信、也確信自己的記錄，是絕對沒有錯的。不過，事到臨頭，人都已經到了高雄，過去的電話內容早已事過境遷，死無對證，我只好又拎著電腦和投影機，悻悻、呆呆地到機場，再搭飛機回台北！唉，白跑一趟，累死了，又白花了機票錢。

後來，有人邀我演講，在確定之後，我一定要對方再

傳一份「meno備忘錄」給我，以便「再確認」，免得到時候又「各說各話」，出了差錯。

人在溝通時，常會出現「溝通障礙」，以致造成溝通不良或誤會。於是，我學習盡量——「聽清楚、想清楚、講清楚」，才不會造成口語上的溝通障礙。

如今，我又學習到，除了「聽清楚、想清楚、講清楚」之外，還要「寫下來、說出來」，做個「再確認」；因為，只有「寫下來」、再重複「說出來」，事情才不會含糊，問題才會精確無誤！

「聽清楚、想清楚、記清楚，才不會出錯！」

致勝關鍵60秒

有個媽媽，下午到幼稚園去接五歲的女兒放學回家；一見了面，媽媽很高興地問她：「小珍啊，今天上學開不開心？」「開心……」「今天老師教你們什麼？」

女兒嘟著嘴、皺著眉回答說：「媽咪，妳怎麼跟爸爸一樣，每天都要問同樣的問題，你們不會小時候自己去上學啊……」

唉，真是有夠煩耶，麥擱問啦！你們小時候自己去上學不就知道了！

也有一個高中生，在廚房裡打開冰箱，蹲下來拿東西，突然問父親：「爸，你知道今天是幾月幾號嗎？」

這時，父親心中暗自高興，想著：「這個兒子終於記得今天是父親節了。」所以就愉快地回答：「今天是八月八日啊！」

只見兒子一臉失望地說：「唉，牛奶過期了！」

人在溝通時，常常各想各的，所以造成「溝不通」的情況。就像昨天有人邀請我演講，問我講題是什麼？我說：「就用『勝利總在堅持後』好嗎？」對方說好，很好！

今天，我收到對方傳真過來的確認單，上面寫著——

講題：「順利總在堅持後」。

我的老天，是「勝利」，不是「順利」啦！

唉，大概是我老了，口齒不清，所以，溝通愈來愈「不順利了」！

人生的下一球，要投什麼球？

配角用心，終能變成主角

最後一名，也是有機會、有希望的，
可以敗部復活，與原先的第一名，再一爭高下！

天氣陰冷，下著毛毛雨，心情經常是blue的。

星期一，放假回來，又要開始上班，心情也經常是blue的。

某個星期一早上，我上了吳淡如小姐中廣「好時光」的節目；一女孩叩應進來，說她的心情很低潮，很blue。問她為什麼，她說她一直找不到工作。

為自己的窗外，畫一個美麗的陽光吧！

可是，再問她：「妳的專長是什麼？喜歡什麼？想找什麼工作？」

她說：「好像什麼都喜歡，什麼都可以做！」

哇，這就有點困難了！怎麼會什麼都喜歡，什麼都可以做呢？每個人都一定要有自己的興趣、專長，才能規劃自己的未來，才能全心投入；否則，就像俗話所說：「樣樣通，樣樣鬆。」什麼都會一點，什麼都不精、不通，也沒有目標和計畫，就不容易找到工作。

看過王建民在美國職棒大聯盟的投球嗎？他無時無刻不在想——「下一球要投什麼球？」在球場上，他的專長就是投球，他必須學會投好球、投壞球、投指叉球、投伸卡球……他必須隨時掌握「下一球要投什麼球」，才能讓對方揮棒落空、三振出局，或只讓對方擊出滾地球、封殺出局。

曼都國際髮型集團董事長賴孝義，二十歲時，為了家計，從洗髮小弟幹起，如今成為四百家直營店的總舵主。**他曾提出所謂的「鏡子理論」——就是「照照鏡子，檢視自己；有多少份量，就做多少事。」**

每個人都要照照鏡子，知道自己的興趣和專長是什麼，紮實地從基層幹

起；就像要知道「人生的下一球，要投什麼球」，才能掌握自己的人生。

所以，沒有陽光的日子，心情很blue；星期一，心情也很blue；但只要有信心，管它有沒有陽光，管它是不是星期一，我們每天都要開心、快樂無比啊！

致勝關鍵60秒

有個讀者說，她念國中時，是在考試壓力下度過，老師的打罵教育、同學的互相競爭，讓她根本沒有學習的動力；而且，連假日也要到學校去讀書、寫功課。

後來，高中聯考放榜，她們班成績最好的學生，考上了北一女；而班上成績最後一名的，則考上了五專。然而，多年之後，第一名、念北一女的同學，考上師大，後來當了老師；而最後一名、念五專的同學，後來考插大，畢業後，也當了老師。

「第一名」和「最後一名」的，結局都一樣是當老師，您說，如果是您，您要選做哪一個？

其實，第一名是很棒的，也是很享榮耀的；但，最後一名，也不必傷心、難過，因為，那不是人生的最終結果。最後一名，也同樣有機會、有希望「敗部復活」，可以和原先的第一名，再一爭高下、一較長短！

所以，成為「最後一名」時，別失望、別沮喪，因為，留得青山在，不怕沒柴燒！只是，自己要想清楚——「我的專長是什麼？我人生的下一球，要投出什麼球？」

看看紅遍全亞洲的韓國帥哥裴勇俊，他以前也曾經坐過冷板凳，常被冷落在一旁。可是，在「情定大飯店」、「冬季戀歌」在台播出後，裴勇俊紅了，而且是紅得發紫，變成「超級大天王」，紅遍全亞洲！

真的，「只要配角用心，終能變成主角！」

「最後一名」若能朝目標堅毅地前進，最後也可以變成人生的「第一名」啊！

專注，就必須屏氣凝神！

專心一志、敬業自律

態度決定一切，細節決定成敗；
今天工作不努力，明天努力找工作！

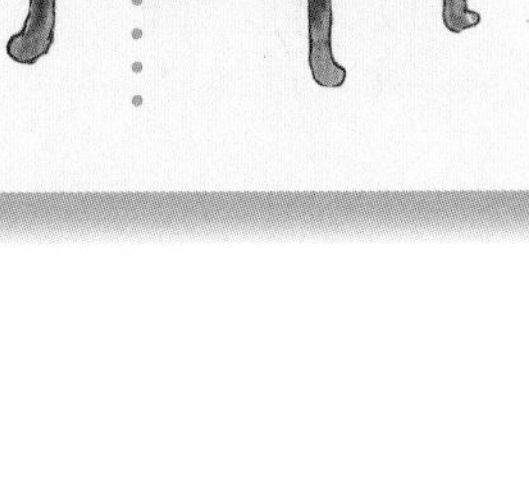

經過高雄市立美術館的長廊，看見一位街頭藝人正在吹奏笛簫和排笛。

當然，如果只演奏一項樂器，是沒有什麼特別的；可是這位藝人——顏佰四先生，卻可以同時演奏四種樂器——「右腳撥古箏、左腳踩電子琴鍵盤、右手持小槌棒擊打鐵琴、左手拿著排笛吹奏」，而且，手上的樂器還可以不時地更換，換成用鼻子吹奏笛簫等。

一個人，到底可以一心幾用呢？

顏佰四說，他可以「一心四用」，甚至「一心五用」也不成問題，因為他年輕時，就是棋藝高手，經常在象棋比賽中拿到冠軍，所以，趁著演奏樂器時的節拍空檔，他還可以跟別人下棋呢！

看著顏佰四先生的表演，真是佩服他的才藝和勇氣。他的右腳大拇指，裝上鐵指甲，就可以撥弄錚弦；左腳大拇指彈電子琴，他已經練到不用眼睛看，就可以彈奏自如的地步；而且他還可以邊彈、邊吹奏、邊撥弦、邊打擊、邊大聲開口吟唱……

顏佰四先生說：**「其實，一心多用並不難，重要的是要專注！」**

就像金庸小說《射鵰英雄傳》中的老頑童周伯通，他的左手可以畫圓、右手可以畫方，兩手互搏。而演奏多重樂器也是一樣，要用心、要抓住音準，勤加練習，因為人的潛力是無限的，手腳並用是可行的，手腳都可以執行大腦所下達的多項指令。

在談琴、談笛、談棋時，顏佰四眉飛色舞、笑容可掬，但當他在表演時，則是表情嚴肅、態度認真、不苟言笑。這，就是「專注」，也是「全神貫注」！

您看，王建民在美國職棒大聯盟投球時，他會嘻皮笑臉、耍大牌嗎？不，你絕不會看到他嘻笑、作怪的臉，因為，他「正在工作」，很嚴肅的工作——一球投出，可能「三振對方」，也可能「被擊出全壘打」，他豈能不專注、不用心、不嚴肅、不認真地對待？

所以，工作時就要全神貫注、全心投入，就像一則汽車的廣告詞——「專注完美、近乎苛求」；只要用心、專注，就可以一心四用、一心五用，發揮出自己生命最大的潛力！

藝人、球員和你我都一樣，若空有一身本領，卻不知專心一志、敬業自律，怎可能有令人刮目相看的成就？

王建民在返國接受記者採訪時說：「站在投手丘上，我只看到捕手與打者。」

哇，這是多麼簡單又饒富禪意的話。

王建民說，他喜歡「靜」的感覺。想想，在那萬人喧嘩、人聲鼎沸的球場，一般人站在投手丘上，嚇都嚇死了，可是聽在王建民的耳中，卻像萬籟俱寂的寧靜山谷，「聽不到任何其他聲音」。

這，就是專注。專注，就必須「屏氣凝神」。專注，就會「孤獨」。

所以，王建民說：「站在投手丘上，本來就是孤獨的感覺。」也只有安靜、孤獨，心情才不會被干擾；他，只有靜下心來，看著從投手板，一直到本壘後方捕手手套的位置，這才是他一心專注的目標和方向，其他的聲音，他完全聽不到，也不去理會。

曾有一些朋友，找我投資一些「很會賺錢」的行業，但，我寧可得罪朋友，

還是拒絕了。因為，其他行業，不是我的專業，我不懂、我不會，我也不想分心、分神、花時間去了解、去投資，免得他日「被騙了」或「投資失敗了」。

我想——專注在自己的本業、用心在自己的專業，就夠了！

湖南長沙有一家餐廳的廚房牆壁上，寫著一些標語：

「今天工作不努力，明天努力找工作。」

「態度決定一切，細節決定成敗。」

人，就是要專心投入工作，否則，明天就得努力找工作啊！

不對立，要對話！

別把好日子變難過了！

千萬不要「結束一個悲劇，卻又複製另一個悲劇」；也不要「逃避一個痛苦，卻又創造另一個痛苦」。

報載，台灣科技大學有一名林姓碩士研究生，和一名李姓博士生共同與一指導教授從事研究計畫，可是，林碩士生自認在工作上受到李博士生刁難，以致心生怨恨。

一天，林碩士生在前往研究室時，看見李博士生獨自一人在埋首趕報告；林生一氣之下，突然揮出重拳，狠狠地攻擊李生，造成李博士生眼鏡破碎，右眼也遭打瞎。

後來，李博士生提出有關裝義眼的文獻指出，義眼球因受地心引力影響，會導致慢慢下移，兩、三年就必須更換一次；也因此，李博士提出高達一千二百八十九萬元的賠償金額。不過，高等法院判決，林碩士生必須賠償李博士生三百四十八萬元，支付他未來四十二年間，裝義眼、看護、交通與精神受損等費用。

人在衝動時，就會失去理智，也不會記得自己是「高學歷的知識份子」，以致造成「碩士打瞎博士」的新聞事件。

真的，「憤怒是片刻的瘋狂！」人一抓狂，哪裡會記得自己是碩士生、還是博士生？也不會想自己是否張牙舞爪、面目可憎？

人在生氣時，根本記不得自己是誰？只想用嘴、用口、用言語、用肢體去發洩心中的憤怒！

曾有人說：**「除非，你一直閉上眼睛，否則，一定可以看到別人可愛的**

地方！」

真的，除非我們一直閉上眼睛、關緊心門，不肯用心去看、去觀察、去感受，否則，就一定可以發現別人也有不錯的優點。

就像上述「碩士生打瞌博士生」的事件中，工作上難免有些利害衝突之處，但，若能「多用心認識對方」、「多看對方的好」、「多尊重對方」、「多客氣請教對方」，就一定可以縮短彼此距離，減少一些無謂的誤會。

古人說：「落花流水皆文章，枝頭好鳥亦朋友。」

只要存著愉快之心，試著多用心去發現「別人可愛的一面」，試著去發掘「別人值得肯定的地方」，則我們周圍的人、事、物，都會變得更美好啊！

所以，我也提醒自己——「當我們看不順眼的人愈來愈多的時候，看我們順眼的人，就會愈來愈少！」

別發火，要沉澱心情，多看別人的好！

許多名人、或是我們身邊的朋友，結束了一段痛苦的婚姻，最後終於離婚了，就當事人而言，他們都很慶幸，結束了那段令自己十分不愉快的感情。不久之後，他們又有了新歡，也以為能夠經營另一樁嶄新的快樂婚姻，可是，沒幾年，聽說他們又離婚了！唉，這真是「從一個痛苦，逃到另一個痛苦」啊！

當然，婚姻挫敗、離婚了，可能男女雙方都有責任，然而，這樣「從一個悲劇，逃向另一個悲劇」，卻都是我們極不願意的。只是，如果一個人個性不改，溝通方式不改；或ＥＱ智慧太差，都是以自我為中心，與人互動都是用上對下的命令口吻……那麼，結果可能就是「結束一個悲劇，卻又複製另一個悲劇」、「逃避一個痛苦，卻又創造另一個痛苦」。

所以，人要學聰明，千萬「別把好日子變難過了」！

面對人生的十字路口時，人常有兩條路可以選擇——一是選擇快樂、釋懷、包容、淡然處之；一是選擇生氣、暴怒、衝突、惡言相向，甚至是大打出手……

能夠享受「和好、包容、喜樂」的人，真是幸福的人啊！
人與人的相處，「不對立，要對話！」
人際互動中，雖然立場、看法不同，但，「不要對立，需要圓融。」
我們可以選擇寬容、放下、快樂的生活，何必把痛苦一直背在身上，而把「好的日子變難過」呢？聰明有智慧的人，是要「把難過的日子變好過」啊！

時報出版
CHINA TIMES PUBLISHING COMPANY
尊重智慧與創意的文化事業

地址：台北市10803和平西路三段240號3F
電話：(0800) 231-705（讀者免費服務專線）
(02) 2304-7103（讀者服務中心）
郵撥：19344724 時報文化出版公司
網址：www.readingtimes.com.tw

讓**戴晨志**老師喜怒哀樂的作品，陪伴您一起歡笑、成長。

寄回本卡，您將可獲得戴老師的最新出版訊息。

◎編號：CL0028　書名：**敢想、敢要、敢得到！**

姓名：

生日：　　年　　月　　日　　性別：□男　□女

學歷：□1.小學　□2.國中　□3.高中　□4.大專　□5.研究所（含以上）

職業：□1.學生　□2.公務（含軍警）　□3.家管　□4.服務　□5.金融

□6.製造　□7.資訊　□8.大衆傳播　□9.自由業　□10.退休

□11.其他 ____________

地址：□□□ ____________

____

E-Mail：____________

電話：(O)　　(H)　　(手機)

您是在何處購得本書：

□1.書店　□2.郵購　□3.網路　□4.書展　□5.贈閱　□6.其他

您是從何處得知本書訊息：

□1.書店　□2.報紙廣告　□3.報紙專欄　□4.網路資訊　□5.雜誌廣告

□6.電視節目　□7. 廣播節目　□8.DM廣告傳單　□9.親友介紹

□10.書評　□11.其他 ____________

請您寫下閱讀本書的心得、建議或想對戴老師說的話：

PART 5

掃把不掃，灰塵不會走開！

勿縱小瑕為大惡

一邊伐木時，要一邊造林

人在健康時，比較容易傲慢、漫不經心，直到病了、倒了，才會謙虛地躺下、低頭……

寒假時，我們全家到馬來西亞的沙巴去避寒；當台灣酷冷的寒流來襲時，沙巴則是近三十度的大太陽，好熱哦！

沙巴有長鼻猴、紅樹林，也有在夜間看起來像耶誕樹閃閃發光的群聚螢火蟲；而在海邊，也可以玩香蕉船、拖曳傘、浮潛、在船上釣魚，或是躺在沙灘海邊，享受溫暖的日光浴。

一天，我們旅行團所有團員都在海邊岸上吃著香噴噴的烤雞、美食，而後，孩子們在沙灘上玩堆城堡的遊戲……我和內人有些累，躺在海灘椅上小睡一下。

當時，我被一些小小蟲叮咬而醒，那黑色的小小蟲，比螞蟻還小，也比小沙子還小，幾乎是看不見的，可是當牠在手、腳上叮咬時，有一些些的痛；我不以為意，只將小小黑蟲驅趕開。

回台灣後一週，兒子的背上長出十多處紅腫的小斑點；而我的手和腳，也有近二十處紅腫的小斑點，還會發癢，不時想去抓它。而內人和小女兒的手腳，都有多處長出了小紅斑點。

我們趕緊去看皮膚科醫生，醫生說這是小黑蟲咬的，它不會立刻發病，直到一星期後才會慢慢變紅、發癢。後來，吃藥、擦藥一星期，小紅斑點才慢慢消失。

諾貝爾醫學獎得主李德博格（Joshua Lederberg）曾說：「我們與病原

體的關係，就像一場演化的好戲。從病原體的角度來看，他們要找食物，而人類就是美食之一。」「世界上有上億種細菌和病毒，每種都不一樣；人類對這些病毒大都還茫然無知……所以，在面對這些微生物的力量時，必須謙虛。」

真的，人類雖然撲滅過許多疾病，但有時，仍像一隻脆弱的小螞蟻，當肺炎或SARS風暴一來，就有許多人被感染，甚至死亡。

人在健康時，比較容易傲慢、漫不經心，直到身體腫了、痛了、病倒了、不能走了，才變得沮喪、懊惱，才會慢下腳步，謙虛地躺下、低頭，猶如一隻無助的小螞蟻……

致勝關鍵60秒

美國佛羅里達州有一名三十一歲的男子皮爾斯，在時速限制七十二公里的道路上，以接近兩百公里的高速，撞向一輛小貨車的尾端；小貨車被撞得翻滾好幾圈，車上的十七歲女乘客傷重不治而死亡。

後來法官判決，酒醉駕車的皮爾斯必須入獄兩年，而且在他出獄之後，要在家中明顯的位置，擺放死者的「特大號照片」，照片上面還要寫著「很抱歉，我撞死了妳」等字句。法官說，負責監督的官員可以在任何時候，到皮爾斯家中突襲檢查，如果沒有擺出照片，就是違反法院的規定。

看看別人對酒醉駕車的處罰，除了坐牢兩年之外，還判肇事者要與死者照片「對看一輩子」，讓他永遠記得無辜死者的相貌。

我不喝酒，因為我經常需要開車，而酒後駕車，經常會造成意外或傷亡。

有句話說：「勿縱小瑕為大惡。」

的確，小小的缺點、瑕疵，若是任意地縱容，就會變成大大的災害。也因此，「勿以惡小而為之」，亦是相同的道理。

我們對自己的缺點、壞習慣，若長期地放縱、鬆懈，就是以養小瑕為大惡啊！我們不能以為小缺點、壞習慣沒關係，就像小黑蟲一樣，叮咬了人之後，可是會變紅、發癢，斑點久久不會消失啊！

其實，只要我們到醫院的急診室走一遭，就可以發現人的生命是多麼脆弱，多麼不堪一擊。看看救護車送進來的人，生命垂危地掙扎著，只靠呼吸器求生，有人哀號、有人哭泣；而我們，四肢健全、平安健在，就更必須「保守自己」，讓自己快樂、積極、有目標地過活。

所以，我們都必須在「一邊伐木時，要一邊造林，讓自己生生不息」呀！

別出現「專業知識貧血症」啊！

抹布不擦，污垢不會自己消失

有超強的願景、強而有力的執行力，
才能化不可能為可能，成為別人矚目的焦點。

有個讀者說，有一次他坐上計程車，剛好收音機裡正在播出一則新聞，其中提到某位大公司總裁的名字，這時，司機冷冷地說：「這總裁是我的小學同學。」

看看司機的年齡，五十多歲，頭髮已經白了不少，是真的有可能跟總裁的年紀差不多。這時，司機自言自語地說：「以前在學校裡，他的成績也不怎麼好，還比我差一點，不過，他的小聰明還蠻好的，很奸巧，常喜歡討好老師……」

聽這司機的口吻，有點酸酸的。不過，人的際遇，是真的大不相同，同樣是同班同學，有人長大後，當了總裁；有人長大後，成了計程車司機。有人長大後，成為將軍，肩上掛著閃耀的星星；有人長大後，成為大廈的管理員；也有人擺地攤，每天悶悶不樂、自認懷才不遇、鬱鬱寡歡。

想想，我們從學校畢業後，有多少時間花在職場進修？

工作後，大家都很忙，為繁瑣的雜務忙，為家裡的大小事煩……所以，工業研究產業學院曾發表一份「台灣上班族學習活力調查」報告，提到上班族一年自費參加職業進修的總平均時數，只有三十二小時，也就是說，台灣上班族平均每天花不到「六分鐘」，在自我進修上。

至於平均每年投資在職業進修上的費用，也只

有一萬三千七百九十三元，相當於買一支三G手機的錢；**平均起來，台灣上班族每天大約只有花三十七元在職場進修上，比到超商買一個**

勇敢為自己的生命爬上高峰！

五十元的便當還不如。這，常會造成「專業知識貧血症」啊！

其實，每個人都必須不斷地在本業上進修，才能突破、有所發展；人如果不在本業上專精、進步，就可能被淘汰，所以才會變成——一樣都是同學，有人是總裁，有人是司機；有人是將軍；有人是管理員。

有時，我會想——假如剔除了人的虛名和頭銜之後，我們還剩下什麼？剩下「你只是你」、「你只是肉體軀殼的你」。但是，除了軀殼身體、頭銜虛名之外，有人的腦袋裡還有「聰明、智慧」呀！有人還擁有「一雙好手」或「滿腦創意」呀！

所以，當我辭去大學系主任的工作時，有人曾說我笨，或善意地為我感到可惜；但我深知，我沒有虛名和頭銜，也依然可以靠著我的「腦袋」，靠著我的「筆和嘴」，為自己的下半生，闖出一些不錯的成績！

有些人的生命是彎腰駝背；有些人的生命是垂頭喪氣；有些人的生命是唉聲嘆氣；有些人的精神是委靡頹廢；有些人的做事是虎頭蛇尾……。但，

從亙古千萬年前到現在，我們發現，在數以萬計的生物中，只有人類能「抬頭挺胸」；而我們人類，也只有「抬頭挺胸、勇往直前」，才能超越別人，才能讓生命更美好！

致勝關鍵60秒

中東小國杜拜，在荒蕪一片的沙漠中，不斷填海造地，終於為貧脊的沙漠，開創出一片觀光的藍天。

在短短的六年之間，杜拜以舉世聞名的「帆船飯店」意象行銷全球；還在沙漠中創造獨特的「滑雪」和「滑水」遊樂場，以致於前往遊覽的觀光客人數，由三百萬人增加到六百萬人。

杜拜政府不斷地向外國吸收人才，也就是向「全世界借腦袋」；並且，以「三天蓋一層樓」的速度，蓋起摩天大樓，所以，「杜拜塔」的高度也即將超越台北的一〇一大樓。

這種「萬棟高樓沙漠起」、「貧脊沙漠開創出觀光藍海」的奇蹟，是因為杜拜的領導人，有「超強的願景」，也有「強而有力的執行力」，才能化不可能為可能，成為全世界矚目的焦點。

「態度，決定高度。」一個人的態度，如果是懈怠、懶散的，怎能為自己創造出奇蹟？一個人若只有說、不去做，哪來執行力？哪能開創生命的新頁？

「掃把不掃，灰塵不會自己走開。」

「抹布不擦，污垢不會自己消失。」

我們心靈中的灰塵和污垢，有時堆積已久，所以愈來愈多、愈厚，但我們總是要為自己清掃心靈中的灰塵、抹去心靈中的污垢啊！

家財萬貫，日食不過三餐

別把靈魂賣給魔鬼啊！

在賽局中，實力愈強，玩家的自由度愈大，弱者的選擇性和籌碼，通常是比較少的。

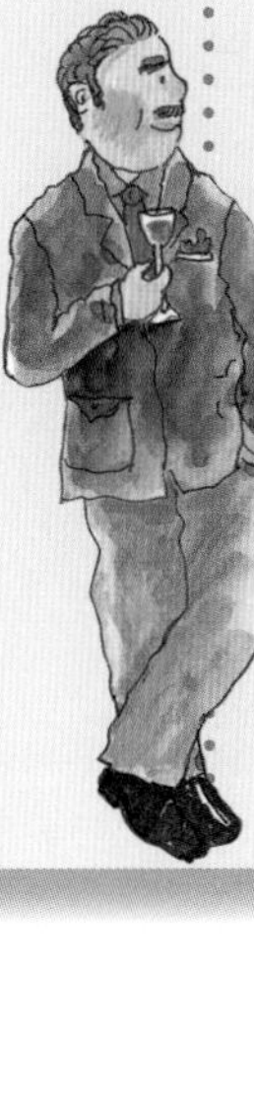

以前，有戶很有錢的富翁，家財萬貫，可是當寺廟裡的老和尚向他化緣時，他都不肯布施。

富翁的生活奢華、浪費，家裡的水溝，也常流出剩餘的米粒，老和尚看了，就用手細心地撈起，曬乾儲存，做為他日的存糧。

當老和尚蹲在水溝邊撈米時，僕人稟告了富翁，富翁說：「沒關係，讓他撈吧，反正我們家的白米飯很多，不怕沒米吃。」

三年後，富翁華麗的庭園遭到了祝融肆虐，被大火燒掉了，所有的家當也毀了，怎麼辦？曾經那麼有錢，如今卻變成無家可歸、家產盡無；而且，又遇到荒年，處處是饑民，大家都很窮苦，富翁一家人也開始四處乞討。

後來，富翁走到了寺廟，老和尚看見他，就端出了煮熟的米飯給他吃；富翁接過飯，大口大口地吃了起來，也再三點頭、流淚感謝。老和尚見狀，急忙說：「你不用謝我了，這些米飯本來就是你的，我只是把你不要的米撿起來、存起來而已！」

每個人在順境的時候，都比較缺乏「警覺心」，也疏於防範未然，或不知未雨綢繆，以致於當逆境忽然來臨，不知所措，也從平日奢華的高點，掉到窮困的低點。

有許多闊綽的大老闆，缺乏危機意識，時常吃喝縱樂、揮霍度日，最後當意外降臨，即陷入窮苦潦倒的困境。

其實，**「家財萬貫，日食不過三餐；廣廈萬間，夜眠不過三尺。」**

可是，人的慾望常不滿足，總希望財富愈來愈多，享受愈來愈高檔，以致汲汲營營、爾虞我詐、不擇手段；然而，即使最後保有億萬家產，坐擁金山、銀山，心靈也會被魔鬼侵入，而失去人性光明、善良、祥樂的一面。

人的本性，貴在純真、美善，千萬別把靈魂賣給了魔鬼呀！

致勝關鍵60秒

您想不想看世界拳王泰森的拳擊比賽？很多人都想看。以前，花三天三夜也買不容易買到票，現在，只要花二十五美金，就可以看到他在台上打拳。

這位四十歲的過氣拳王，狼狽地說：「我需要錢，我需要養家，跟誰打都可以，即使是一頭獅子也認了！」

泰森曾經是打遍天下無敵手的世界拳王，不過，現在年紀大了、身材發福了，也消失了一段時間。

真的，歲月不饒人。泰森開始參加跨歐、亞、中東的「世界巡迴表演賽」，

財富萬貫，心靈更要光明、美善！

以解決自己的債務問題。泰森曾經擁有三億美元的身價，但後來的他，無奈地說：「我終於體會到，生命是短暫和難以預測的。」

在泰森當紅時，最便宜的拳賽票價是一千五百美元，而且還是沒座位的站票。但，他的生活奢華、揮霍、不檢點，一度淪落到負債三千萬美元，甚至成為全球著名的強姦犯。泰森曾懊悔地說：「我在社會上是一個廢物，根本不值得大家重視。」

可是，為了孩子的未來，泰森必須拋頭露臉賺錢，因他要負擔近千萬美元的贍養費，並養四個孩子。

泰森說：「人生這堂課對我來說，代價太高了，我一定要趁還能打拳時，多賺一點生活費和教育費，也教孩子不要再重蹈我的覆轍。」

當紅的拳王，過氣了，只能降價求生，即使跟獅子對打，都可以！唉，這是多麼令人感慨啊！

「錢，真的很難賺！」在這不景氣的時代，要將別人口袋的錢，放進自己的口袋，是多麼不容易啊！除非，你「有腦袋、有創意、有實力」。

所以，「有實力，才是硬道理啊！」

在賽局中，實力愈強，玩家的自由度愈大，弱者的選擇性和籌碼，通常是比較少的。實力愈強大，在賽局中勝出的機率才會愈高啊！

員工的態度，比學歷重要！

誰預約了淒涼的未來？

未來是一個「下剋上的年代」，
年輕人要趕快磨好你的刀，加入戰鬥！

有個朋友說，他把員工開除了。為什麼？因為這女員工超過上班時間，還悠哉地拎著豆漿、蛋餅來上班，成何體統？「我們是公關公司耶，公關人員怎麼可以這麼沒紀律？」

也有個朋友說，他把助理解職了。為什麼？因為這助理一下子說男朋友要出國，得去送他；一下子說，男朋友回國了，要去接男朋友；一下子說，男朋友要看醫生，必須請假半天，陪男朋友去醫院……天哪，上班時間是配合男朋友作息的時間啊？

也有些員工在上班時間，透過網路和朋友閒聊，被發現了，就立刻遭老闆開除。

當然，員工被解職的原因有千百種，情節可大可小，有些老闆可能規勸一下就好了，但有些老闆可能無法忍受，就予以開除、解職了。

被開除，員工心裡一定很不高興、或怨恨，但，換個角度，能不能有「感謝」呢？或許自己行為失當，被老闆炒魷魚，工作沒了；但，這不也是個警訊，提醒自己必須更「敬業」、「自律」，而不能態度散漫！

有個讀者說，一天他不知不覺開了快車，被警察攔了下來，也被開罰單！但，他沒有怨恨，因為，「被開罰單，也是一種福氣！」萬一毫無警覺，車子在高速公路上愈開愈快，危險性更大，搞不好會發生車禍，命都不保了！此時，被開罰單豈不是「福氣」？交通警察豈不是個「貴人」？

生命中，有時會很生氣某些人，但，事過境遷，或許會覺得，打我們的

要保持警覺、不斷充實，不要安逸散漫地過日子啊！

人、嘲笑我們的人、譏諷我們的人、開除我們的人，可能都是我們一生中的貴人；要不是他們在生命過程中點醒我們、觸怒我們、或開我們一張罰單，我們可能還是安逸無覺、散漫地過日子，或走在極為險境的快速道上呢！

致勝關鍵60秒

常看到一些過去很風光的藝人、演員，或明星球員，當風光不再時，他們失去了舞台，失去了聚光燈的焦點，而成為一個平凡、甚至潦倒的人。

當然，人生有高潮、有低潮，但，「誰預約了淒涼的未來？」我們都不能預約悲慘、淒涼的未來和晚景啊！

在平順時，每個人都要在工作中積極投入，開創亮麗的未來。所以，許多老闆都會說：「員工的態度，比學歷重要！」工作中，態度若不積極、不用心，縱使有再高的學歷，都是惘然。

所謂「價值」，就是讓人覺得「物超所值」。

每個老闆都在尋找一個「物超所值」的員工，來幫他做事，來創造更多的利潤；可是，假若員工的態度散漫，做事推、拖、拉，那就無法獲得老闆的肯定和青睞。

所以，對老闆來說，「找到對的人才，仗就打贏了一半。」老闆對員工，不必採取緊迫盯人的態度；而員工也知道，自己不是在「應付差事」，而是在「承擔責任」。

相反地，對員工來說，必須主動地「打開創意的水龍頭」，認真用心地付出，才能獲得老闆的讚賞。

日本趨勢大師大前研一說：「未來是一個『下剋上的年代』，年輕人不是要等待機會，而是要趕快磨好你的刀，加入戰鬥！」

真的，未來是個「下剋上的年代」，真是「長江後浪推前浪」！

但，也只有「勇於任事」、「積極承擔」、「不會打混摸魚」的人，才能獲得老闆青睞，而步步高升！

饒恕，是一種釋放！

寬恕與愛，讓人重新飛翔

生性樂觀、心胸寬大的人，天使就會相隨、相伴在我們身邊哦！

前面是紅燈，我將車子停了下來，等待綠燈。

就在等待時，後面的車子突然沒有煞車，直接對我撞上來。完了，車被撞了！我本能地下車查看，後保險桿被撞凹了。那小子，魯莽撞我車的人，大概三十歲，下車向我道歉。

交通路口，紅燈變綠燈了。我不喜爭辯和吵架，看看被撞的情形，板金大約需要三千元吧！那年輕人說：「對不起，我身上沒那麼多錢，我留個姓名、電話給你，改天再給你錢！」好吧，既然你這麼說，我就相信你。於是他寫了姓名、電話給我，我也把車開走。

過兩天，我打電話給他，他說，他現在沒錢。再過一星期，他依然說，他狀況不好，沒辦法給錢。我說，我留電話給你，方便時，再給我錢。五年過去了，他一通電話也沒打。

我不想生氣，因我還有更重要的事要做，我不想跟不誠信的人計較。去告他嗎？我的時間寶貴，何必氣壞自己的身體？

「饒恕，是一種釋放。」我慶幸，我身體健康、四肢健全，看得到、聽得到、吃得飽、睡得著，而且還能買一輛不錯的轎車。而他，或許真的經濟狀況不佳，但也或許他想賴帳、有錢卻不想還。不過我要忘卻這事，繼續用心、微笑地往前走，去做更重要的事，不要生氣。

我相信，「寬恕和愛，能讓人重新飛翔！」而且，「不計較」，才能「常歡笑」！

很多人為爭一口氣、斤斤計較，而氣壞自己，再將拚命賺來的錢「用來買藥」，給氣壞、忙壞的身體服用……這樣值得嗎？

致勝關鍵60秒

一篇發表在《梅約臨床醫學期刊》上的研究報告顯示，年輕時抱持「樂觀態度」的人，死亡率比較低，也比對未來抱持「悲觀態度」的人，活得長壽。這是研究人員針對大約七千人，從一九六〇年進入大學之後，進行四十年的追蹤研究所得的發現。

該研究指出，樂觀的人比悲觀的人，較少感到壓力；悲觀的人對負面的事總是牢記在心，常責怪自己的命運不好，總以為霉運會終身伴隨。

當然，個性常會影響一個人的命運；心胸開懷、對未來抱持希望、不計較無謂的小事、樂觀向前，就能夠改變自己的命運。

漫畫家蔡志忠先生說，他從三、五歲起，就得幫家人務農、放牛或拉牛車，而母親擔心天生瘦弱的他「肩不能挑、手不能提」，將來恐怕只能「撿牛糞」。可是抵死不想撿牛糞的他，父親送他一塊小黑板練字，他卻拿來練畫，他很喜歡，也因而茅塞頓開，知道「自己喜歡畫畫」。

而在初二那年，他把自己的漫畫作品寄給專門出版漫畫的集英出版社，老闆很欣賞他的才華，就錄用他；第二天，他就成了「中輟生」，北上就職。

如今，蔡志忠創作過三百本漫畫，分別在四十五個國家發行，總銷售量超過四千萬本。

蔡志忠說：「我們成為什麼，正因為當初我們怎麼想。」的確，人怎麼想、怎麼做，就會成為什麼！

人，要學習樂觀、積極，不要悲觀、不要計較於小節，並「提早訂定人生目標，全力以赴」，才能享受成功的果實啊！

生性樂觀、心胸寬大的人，天使就會相隨、相伴在我們身邊哦！

「愛，就是行動！」

在平凡中，遇見燦爛！

能為別人服務，是快樂，也是福份；
幫助別人，一定會帶來心靈的滿足！

在辦公室沖個澡，換個心情，也換了一套西裝，準備前往一家公司演講。

那天，是下雨天，外頭陰雨濕冷。而承辦人告訴我，他們公司沒有多餘的停車位，而且，附近也不方便停車，要我最好坐計程車去。於是，我帶著電腦和投影設備，攔了一輛計程車，上路了。

計程車司機，大概五十多歲吧。我和他閒聊了一下，最近生意好不好？時機歹歹、股票下跌、錢包縮水，汽油、柴米油鹽等日用民生品又猛漲價，計程車生意怎麼會好做？可是，日子還是得過呀！

司機看我的打扮，問我做哪一行？我簡單回答：「教書，也接一些演講。」距離市區的那家公司不遠，我的目的地也快到了，我順手摸摸西裝褲的小口袋……完了，這下完了！我真的完了……

我愣了一下，心想，還是要勇敢地告訴司機；於是，我鼓起勇氣，對司機說：「老哥，對不起，我要很誠實地告訴你，我忘了帶錢出來！」我很尷尬，也很不好意思地繼續說：「出門前，我洗了個澡，換了一套西裝，我的錢，忘了拿出來……」

哎呀，真是丟臉！我很誠懇地對司機說：「我絕對不是故意騙你的……你可不可以給我你的手機號碼，我現在趕著去演講，演講完後，我一定會和你聯絡，再把錢還給你！」

司機轉過頭來，看我一眼，也看到我臉上的焦慮和糗態，說道：「我相信，你是真的忘了帶錢。沒關係，才一百二十元而已，你不用記我的手機，也不用還我錢，你趕快去演講吧！每個人都會有忘記的時候……」

聽了這司機的話，我心裡真是亂感動的。他堅決不告訴我手機號碼，只告訴我：「外面下著雨，你走路要小心點，一百二的小錢，不用放在心上……」

我下了車，只見他開著車，消失在台北市的街道上。

演講的時候，我告訴大家，剛才遇到的「溫暖和感動」；同時，也體會到——

「幫助別人、有意義的快樂，一定會帶來心靈的滿足。」

「能為別人服務，是快樂，也是福份。」

這位不願留下電話的司機，讓我銘感在心，也想起美國林肯總統說過的一句話：**「不對任何人懷有惡意，要對所有人抱著善意、好感。」**（With malice toward none ; with charity for all.）

致勝關鍵60秒

藝人劉若英小姐曾經寫過一句話：「節日是讓幸福的人更幸福，孤獨的人更孤獨……」

這句話，看起來是有點令人感傷。的確，節日是愉快的，它讓情人、家人、愛人，有更親密和幸福的感覺；但，對孤獨的人來說，卻是更傷感、更寂寞、更孤獨了。

可是，當自己不開心、不幸福、心情不好時，為什麼不讓自己換個方式過活？主動去幫助別人看看，心裡一定更快樂！主動去給別人一個真心的微笑，也會讓自己更愉快！當我們欣賞別人、幫助別人時，就可以改造自己，讓自己的心跳躍、歡愉起來啊！

有個老師問兩名學生說：「今天你們有沒有日行一善啊？」

「有啊！」學生回答。

「你們做了哪些好事情啊？」老師問。

能為別人服務，是快樂、也是福分。

「我們扶一位老太婆過馬路啊！」小張說。

老師一聽，點頭說：「嗯，很好！可是，為什麼扶一位老太婆過馬路，需要兩個人呢？」

此時，小李說：「因為那位老太婆本來是不想過馬路的。」

哈，這當然是個笑話。

不過，有句話說——「愛就是行動，也是所做的一切。」

的確，「愛」就是我們為別人所做的一切，那也就是行動；只要付諸行動、幫助別人，我們就會得到心靈上最大的快樂，也讓我們「在平凡中，見到燦爛」！

所以，「學習做別人的貴人」，我們一定會更快樂！

學習做個「漂亮的自我」

記住，你是人，不是神！

你的師長中，肯定你的多，還是否定你的多？
你的客戶中，稱讚你的多，還是吐槽你的多？

「戴老師：您好！

我是一個私立高中的高三生，成績在班上也都有前三名。近來已要面臨學測考試了，但班上卻非常地吵雜，大家也無心念書，而我從高二下學期後，就全心專注於課業。

最近他們在規劃考完試要去哪兒玩，也都沒人跟我說，我才發現，和同學原來已疏離了許多。最近時常感到沒人了解自己，也沒有志同道合能一起用功的同學，在人群中似乎也融入不了大家，內心很空虛、也不快樂！

現在，我念書愈來愈失去動力，最近總是在想生命的真正意義是什麼？人生下來被賦予的任務是什麼？活著究竟要如何讓自己快樂？我看了許多書都未能找到我要的答案，今天花了一個下午的時間上網找尋生命的價值，剛到了這個網站，能請戴老師給我一些建議與方向嗎？

Ruby 留」

盧比同學：

我曾經在書上提過一名女大學生，她是我的書迷，在國立大學唸書。她告訴我，在看了我的書以後，她學習「用英文寫日記」，也主動地參加「大專盃英語演講比賽」，甚至參加「大專盃英語即席演講比賽」。什麼是即席？就是臨時抽題，立刻上台用英語演講！恐不恐怖？粉恐怖對不對？

是的，是很恐怖！但，那是一種「自我挑戰」！因為，只要站到台上，就是挑戰、就是勝利、就是自我實現。雖然沒有得名，但也學習到比賽的經驗，也結識到喜歡英語的好朋友。

後來，這女大學生參加了托福考試，晚上和週末經常都必須到補習班上課、考試，而且，她在學校裡還有許多作業和畢業製作，好忙哦！當時這女生說，很多同學都在玩、在計畫「畢業旅行」；也有很多同學翹課，不來上課……她身邊談得來的知心朋友，沒有幾個，好孤獨哦！

我告訴她，沒關係，努力朝著自己的目標邁進吧！因為「成功的人，經常是孤獨的、寂寞的！」妳絕對不能喪志、不能灰心、不能失去動力，妳要往前方的標竿前進，不必管其他同學是不是在悠閒、玩樂？

從籌劃、到畢業旅行、到結束，是個冗長的過程，但這名女生聽了我的話，放棄了畢業旅行；她專心準備托福考試，結果通過了；她用心準備GRE考試，成績不錯！後來，我幫她寫了推薦信，而她也順利獲得美國某州立大學研究所的入學許可。

妳知道嗎，她好高興，一年來辛苦努力，並且放棄玩樂的機會，終於有

要勇敢走出自己，不能關在「自我框架」中啊！

所報償，她終於可以到美國唸研究所了。而當時她們班上一些經常玩樂、籌劃畢業旅行的同學，羨慕死她了！畢業後，同學們還四處找不到工作，可是這女生，勇敢拎著兩大箱行李，就到美國唸碩士去了！

如今，兩年已經過去了，我告訴妳，她已經畢業，亮麗地學成歸國，並且在一家德國企業公司工作了。

盧比同學，我講這個故事給妳聽，是要告訴妳——人際關係固然重要，**但求學過程中，也不一定要八面玲瓏、人際關係奇好無比！妳，也不一定要人人都說妳很棒、人緣很好！每個人都有自己的目標和理想，把握時間，好好做自己，用功唸書；只要妳有實力、很傑出，將來一定會有許多朋友來找妳的！**

過去，念書時的我，也常常獨來獨往，我自己唸報紙，也在司令台前或空教室裡練演講、寫筆記。妳知道嗎，我們班上的同學有人抽煙、有人打牌、有人談戀愛、有人愛逛夜市……我需要常和他們在一起嗎？我需要和他們「志同道合」嗎？我需要「積極融入他們的小圈圈」嗎？

不、不必！妳不必融入他們，妳不必和他們志同道合，妳要有妳的作為和計畫，積極向前！妳不必感到空虛，更不能失去動力！因為，念書，不是為了其他同學念的，妳要超越自己，快樂做自己，妳可以安排自己的時間，讓妳在寂寞中有平安、有快樂、有目標、有憧憬、有期待……

妳知道嗎，我過去小學、國中、高中、專科時代的同學，都極少有聯絡了！因為，大家都有自己的事業和生活，過去的好朋友，如今有時連名字都記不起來了！現在，大家都有好朋友、事業上的好夥伴、好搭檔。所以，**國中的同學，合得來，當然是很好，但若合不來，不是很親密或熱絡，也沒有關係，畢竟那只是一個階段和過程而已；一切都將過去，一些朋友，也可能會逐漸疏離、忘記！但，妳將來會有更多好朋友的，只要妳有實力。**

也因此，「有實力，最神氣！」妳不要沮喪，而且我兒子也幫我取個書名，叫做「不傷心，要開心！」哈，真好！人就是要振作精神，開心地過每一天！同時，也要記得——「笑臉常開，好運常來哦！」

古羅馬帝國凱撒大帝在遠征埃及獲得勝利之後，聲勢如日中天，只要他出現的場合，都像君王蒞臨一般，所有群眾都沿街列隊，給予他最熱情的歡呼。相傳，凱撒曾經特別安排一名侍從，隨時跟在他的身邊，每當觀眾歡呼聲響徹雲霄之際，這名侍從就必須負責在旁低聲提醒凱撒：「記住，你是人，不是神！」

自古至今，所有出生的人，「都是人，不是神。」

每個人都有個性上的優點和缺點，也都有喜怒哀樂，甚至生氣、孤僻、好惡等情緒表現。但，我們都是人，不是神，不可能讓所有人都喜歡我們；我們只能「真誠地做自己」、「努力地表現自己」，來讓別人接納我們、喜歡我們。

有個女兒對媽媽說：「媽，我每天回家走過的路上，都有好幾個男生的眼睛一直盯著我看，好討厭哦！」

「真的？那妳為什麼不換一條路走呢？」母親說。

「可是，換一條路走，就沒有人看我了！」女兒說。

在人生道路上，總有許多人看著我們，但若沒有人看我們，也是很麻煩，是不是？

不過，我們可以想一想——「你的師長中、你的朋友中、或你的上司中，是肯定你的多，還是否定你的多？是推薦你的多，還是吐槽你的多？你的客戶中，他們是稱讚你的多？還是負面批評的多？」

真的，我們是人，不是神！但是，我們總是要學習做個「漂亮的自我」，每天都比前一天更進步、更有活力、更受人歡迎。

因為，自己的「美麗人生」，是值得期待的啊！

Master 高手作家戴晨志

讓你天天開心，洋溢喜樂的香水！

戴晨志作品7　定價◎250元

男女溝通高手
——轟轟烈烈談戀愛，一定要懂得愛！

30篇絕妙故事，引導現代男女打開心結，彼此學習與成長；30個高招，如「少點怨、多包容」，「多灑香水、少吐苦水」，幫助你在最短時間內改頭換面，尋得心靈共鳴，重建親密關係。

戴晨志作品9　定價◎230元

激勵高手
——戰勝挫折，讓夢想永不停航！

31篇生動的真情故事，有殘障青年奮發向上的經歷，也有靈活幽默的生活點滴，既洋溢勵志精神，又不失輕鬆風趣，激勵我們學習人生智慧、勇敢向命運挑戰，直到勝利成功！

戴晨志作品10　定價◎230元

人際溝通高手
——別忘天天累積「人緣基金」哦！

溝通是一種技巧、一門藝術，更需要真誠的心靈和樂觀的自信。高手作家戴晨志博士以幽默溫馨的口吻、有趣雋永的故事，與你分享人際相處的觀念和感受，教你成為溝通高手。

戴晨志作品11　定價◎230元

激勵高手②
——挑戰自我，邁向巔峰！

人不要怕窮，要窮中立志；人不要怕苦，要苦中進取！因為，痛苦，是最好的成長；磨難，是上天的鍛鍊！只要像小鳥「奮力衝破蛋殼」，就能「冒出頭、迎向新生」啊！

Master

高手作家戴晨志

讓你天天開心，洋溢喜樂的香水！

戴晨志作品20　定價◎230元

天天超越自己
——秀出最棒的你！

勇敢，是生命的力量；實踐，是成功的開端！
每個人都是一顆「鑽石」，只要找到興趣、全心投入，
生命就能「乘長風、破萬里浪！」

戴晨志作品21　定價◎230元

超幽默，不寂寞！
——風趣高手的溝通智慧

妙語在耳旁，快樂似天堂！
「幽默、風趣」的表達，是可以學習培養的；
你我展現的「幽默感」，將使人際互動充滿歡笑！

戴晨志作品22　定價◎230元

不看破，要突破！
——扭轉命運靠自己

人，要擺脫自卑的生命，用「專注和毅力」來扭轉命運！
而且，在該出手的時候，就要勇敢、放膽地出手，
因為，不出手的那球，絕不會進球！

戴晨志作品㉘

敢想、敢要、敢得到！

作　者—戴晨志
主　編—心岱
編　輯—郭玢玢
繪　圖—楊麗玲
美術編輯—許立人
執行企劃—艾青荷
校　對—戴晨志、郭玢玢
董事長
發行人—孫思照
總經理—莫昭平
總編輯—林馨琴
出版者—時報文化出版企業股份有限公司
10803台北市和平西路三段二四〇號三樓
發行專線—（〇二）二三〇六—六八四二
讀者服務專線—〇八〇〇—二三一—七〇五・（〇二）二三〇四—七一〇三
讀者服務傳真—（〇二）二三〇四—六八五八
郵撥—一九三四四七二四時報文化出版公司
信箱—台北郵政七九～九九信箱
時報悅讀網—http://www.readingtimes.com.tw
電子郵件信箱—ctliving@readingtimes.com.tw
法律顧問—理律法律事務所　陳長文律師、李念祖律師
印　刷—詠豐印刷有限公司
初版一刷—二〇〇七年五月二十一日
定　價—二三〇元

國家圖書館出版品預行編目資料

敢想、敢要、敢得到！/ 戴晨志著.-- 初版. --
臺北市：時報文化, 2007[民96]
面；　公分. --（戴晨志作品；28）
ISBN 978-957-13-4671-7(平裝)

855　　　96008931

ISBN: 978-957-13-4671-7
Printed in Taiwan